La vie en rouge

(Pour les 15 ans et plus)

Pour un dépaysement total,
visitez notre site :
www. soulieresediteur.com

Vincent Ouattara

La vie en rouge

SOULIÈRES ÉDITEUR

case postale 36563 — 598, rue Victoria
Saint-Lambert (Québec) J4P 3S8

Soulières éditeur remercie le Conseil des Arts du Canada et la
SODEC de l'aide accordée à son programme de publication et
reconnaît l'aide financière du gouvernement du Canada par
l'entremise du Programme d'Aide au Développement de
l'Industrie de l'Édition (PADIÉ) pour ses activités d'édition.
Soulières éditeur bénéficie également du Programme de crédit
d'impôt pour l'édition de livres – Gestion Sodec – du
gouvernement du Québec.

Dépôt légal: 2008
Bibliothèque nationale du Canada
Bibliothèque nationale du Québec

Données de catalogage avant publication (Canada)

Ouattara, Vincent

La vie en rouge

(Collection Graffiti ; 46)
Pour les jeunes de 13 ans et plus.

ISBN 978-2-89607-083-1

I. Titre. II. Collection.

PZ23.O92Vi 2008   j843'.914   C2008-940637-0

Illustration de la couverture :
Sybiline

Conception graphique de la couverture :
Annie Pencrec'h

À notre mère, Kam Génévievre.
À mon épouse, Nathalie, patiente et généreuse.
À mes enfants, Yeli Sylvie et Obie Sophie.

Note de l'auteur

Je suis un homme. J'ai mis du temps à comprendre la femme. Je ne pense pas l'avoir connue totalement. Cela est même impensable que de prétendre la connaître. Parce que, pour la connaître, il faudrait que je sois une femme née et que je me connaisse moi-même. Cependant, je puis dire que j'ai une idée d'elle, de sa vie de femme, écrasée, opprimée, entre rêves, illusions et réalités ; souffrance, gaieté et amour.

Cette initiative d'écriture m'est venue après une tentative avortée de reconstituer des récits sur la vie sexuelle et affective des femmes. Elles sont nombreuses à garder le silence sur ce sujet pour ne pas jeter un blâme sévère sur elles. Certaines ont bien voulu se confier à moi ; ce qui est un acte courageux dans un milieu qui met un bandeau sur leur bouche pour les empêcher d'aborder ces sujets-là. Même nos féministes, qui réclament depuis un certain temps l'égalité et la parité, gardent le silence sur la sexualité des femmes. Pourtant combien sont-elles à vivre dans cette société, toute leur vie, sans jamais connaître le plaisir sexuel ni oser en parler ?

En approchant les femmes, j'ai compris que leur véritable émancipation passe par la rupture avec l'iconographie traditionnelle à visages multiples : *une femme mariée qui souffre vaut mieux qu'une célibataire ; une femme qui ose dire à son mari qu'elle n'a pas joui ou qu'elle désire sa semence blanche, est une frivole ; une…*

La femme, créature chosifiée, ne s'appartient plus. Elle doit se plier à la phallocratie de l'homme, accepter sa verge dans ses entrailles, même au prix de sa souffrance. Elle ne doit pas dire cette souffrance pour rendre un autre heureux.

V. O

La vie est une chance, saisis-la.
La vie est beauté, admire-la.
La vie est béatitude, savoure-la.
La vie est un rêve, fais-en une réalité.
La vie est un défi, fais-lui face.
La vie est un devoir, accomplis-le.
La vie est un jeu, joue-le.
La vie est précieuse, prends-en soin.
La vie est une richesse, conserve-la.
La vie est amour, jouis-en.
La vie est un mystère, perce-le.
La vie est une promesse, remplis-la.
La vie est tristesse, surmonte-la.
La vie est un hymne, chante-le.
La vie est un combat, accepte-le.
La vie est une tragédie, prends-la
    [à bras le corps.
La vie est une aventure, ose-la.
La vie est un bonheur, mérite-le.
La vie est la vie, défends-la.

Mère Teresa de Calcutta
(1910-1997)

1

Juillet, un mois arrosé de pluie. L'œil morne du soleil pointe à l'orient. Assis sous un manguier à la dentelure de feuillus et à l'ombre généreuse, je la regardais. Elle soupira et me dit tristement en bougeant sa petite tête couverte de cheveux grisonnants :

— Je suis vieille. La vie est si vite passée, et je suis surprise de me trouver vieille.

À cinquante-cinq ans, elle se considère vieille, et peut-être a-t-elle raison dans un pays où l'espérance de vie est de quarante-sept ans. C'est-à-dire que, statistiquement parlant, elle devrait être morte. Mais que connaît-elle du blabla des statisticiens ? Elle se considère vieille, comme la plupart des femmes de sa génération qui ont des cheveux blancs. Pourtant, elle n'a pas de double menton, de joues creuses. Seules les rides de son cou et le double rictus marqué de chaque côté de sa bouche trahissent son âge. Elle me regarde, me sourit. Dans ce sourire, l'ombre d'une tristesse. Je veux la comprendre. Elle s'étire dans son fauteuil de toile bleue et dit, d'une voix pleine de vie :

— Je vais te lire le livre de ma mémoire, parce que j'ai décidé de rompre avec le silence dans lequel on m'a enfermée pendant long-temps. Je n'ai pas le verbe d'un grand homme de votre langue, mais je peux te raconter ma vie, je peux te faire comprendre… je crois. Je t'en prie, écris mon histoire avec mes mots. Je sais que certains t'en voudront. On ne parle pas des sentiments et de sexe chez nous. Par-ler de sexe, c'est violer un amour interdit. Parce que le sexe et les relations sexuelles sont des sujets dont il ne faut pas discuter avec les enfants. Parce que nous demeurons toujours des enfants. Et les enfants n'ont pas le droit de savoir ces choses-là. C'est sûr, certains diront que mon histoire ne peut être livrée à tous. J'ai cinquante-cinq ans. Je suis vieille et on n'ap-prend pas à une femme comme moi à se cou-cher sur la natte d'un homme. Mon histoire commence par mon enfance.

2

Je m'appelle Yeli. C'est le nom de toutes les premières filles dans mon village. Vous y trouverez donc autant de Yeli que vous voudrez. Mais sachez que c'est simplement une question de tradition.

Je suis née à Loto, un village de mille âmes environ, ceinturé de collines et de montagnes. Devant chaque maison de ce village, il y avait un dieu en bois ou en terre, arrosé de sang. Ces dieux étaient toujours là pour empêcher les esprits maléfiques de perturber la quiétude des bonnes âmes et préserver l'ordre social établi durant des siècles par nos ancêtres. La vie était paisible ; mon royaume d'enfance innocent et insouciant me le disait.

Je revois encore les visages aimables et gais qui se penchaient sur moi et me souriaient ; les femmes et les hommes qui me prenaient sur leurs genoux et me câlinaient avec des bruits de lèvres. Leurs mains effleuraient gracieusement mes joues. J'étais petite et tout était si beau que je n'ai jamais pensé que la vie était si pleine d'embûches. Une parfaite harmonie existait entre les êtres et les choses ; tout respirait d'une seule âme et pénétrait mon âme d'enfant.

Je revois mon village qui se réveillait chaque jour au rythme des sonnailles des animaux. C'étaient les chèvres, les moutons et les vaches qui allaient au pâturage, accompagnés par les cris habituels des bergers. De grands oiseaux de différentes couleurs volaient dans le ciel clair. Quelle beauté c'était ! Puis le calme s'installait doucement, conviant hommes et femmes aux travaux champêtres et ménagers.

J'allais souvent avec ma mère dans la brousse chercher du bois mort. Je sens encore cette odeur… c'est l'odeur de la nature, du parfum des fleurs sauvages. Je sens toujours cette odeur, surtout dans mes moments de quiétude.

Ainsi, tout le monde au village vaquait à différentes occupations jusqu'au coucher du soleil. Puis les animaux annonçaient leur retour à la maison par un concert émouvant. Le soleil doré se dissimulait derrière la montagne en laissant des couleurs glorieuses qui s'étalaient sur le ciel, à l'horizon. Les pique-bœufs quittaient les animaux et les bergers en lançant leurs cris plaintifs, avant de rejoindre leur abri dissimulé dans le lointain, derrière la montagne.

Je me souviens de ces magnifiques chutes de journée parce qu'un homme jeune, élancé, aux grands yeux clairs sous des sourcils broussailleux, venait rituellement saluer mes parents. Il échangeait avec eux quelques nouvelles et, avant de s'en aller, me jetait des regards espiègles que je ne comprenais pas encore, mais que je mettais à l'actif de sa générosité. Je crois que j'avais à cette époque-là cinq ou six ans. Puis, un soir, ma mère me le présenta : « C'est ton cousin Madi, l'enfant de tonton Domba. »

À partir de ce jour, j'eus pour lui une grande sympathie. Je lui servais à manger quand il venait à la maison. Il m'apportait des fruits sauvages ou des œufs de pintade. J'étais si heureuse de le voir témoigner ainsi, à mon endroit, un sentiment de fraternité familiale.

Ma mère suivait notre amitié avec une joie silencieuse et discrète que je percevais dans ses remarques du genre : « Ton cousin est un brave garçon, il est bon. Il est un beau garçon… »

Elle veillait farouchement à mes bonnes manières. Je ne devais surtout pas prononcer les mots que sont : sexe, testicule, pénis, vagin et bien d'autres touchant le côté sexuel.

Elle m'avait éduquée à prendre soin d'une vieille personne qui passe à côté de moi, à respecter les aînés, à ne pas discuter avec les vieux ni contester leurs décisions. Je devais me soumettre aux formules toutes faites en vigueur dans mon village.

J'ai aussi appris à travailler au foyer, à préparer différents repas, à chercher l'eau à la rivière ou au puits, à vendre des beignets et des céréales au marché, toutes ces tâches qui m'incombaient en tant que femme. C'était naturel pour ma mère et pour tout le monde que les femmes fassent ces travaux et que les hommes labourent les champs et se consacrent aux travaux demandant plus d'effort physique. Le partage était fait depuis l'aube de l'Humanité et chacun devait jouer dignement son rôle.

Ma mère me répétait tous les textes hérités de sa mère et, cette dernière, de sa mère, en imitant les mêmes gestes et attitudes. Ma vie en ce temps-là était une pièce de théâtre où je devais apprendre à jouer convenablement mon rôle de femme.

À neuf ans déjà, je savais tout faire à la maison et ma mère s'en réjouissait. Mon père aussi suivait avec satisfaction mon apprentissage de la vie, en gardant toujours à la bouche son fidèle compagnon : sa pipe en bois d'ébène. C'était un homme à la haute silhouette, un peu voûté, aux cheveux grisonnant déjà dans sa crinière de quarante ans, aux lèvres lippues et au regard martial. Il avait épousé ma mère, sa cousine, à l'âge de quatorze ans et menait avec elle une existence paisible.

Ma mère était une femme belle, avec d'opulentes fesses qui dansaient le roulis quand elle marchait. Mon père l'aimait bien. Il y avait entre eux une sorte de complicité. Ils ne se cachaient rien. Chacun d'eux connaissait sa responsabilité dans la famille. Tout roulait le parfait amour, sauf quelques petites querelles qui venaient par à-coups souiller leur existence. Mais le calme s'installait vite, car ils avaient besoin l'un de l'autre ; ils étaient des frères unis par le lien du mariage et rien ne devait séparer des frères de lait.

Un jour de mes neuf ans, une vieille femme arriva dans notre concession, traînant son vieux corps appuyé sur un morceau de bois. Elle s'appelait Sambèna. Je n'oublierai jamais ce nom. Elle parla longuement avec ma mère et échangea avec mon père quelques secrètes confidences. Mon père lui donna de l'argent. Elle le glissa dans un vieux porte-monnaie qu'elle retira d'une poche de sa jupe noire crasseuse et râpée. Avant de s'en aller, elle me regarda avec un sourire sur ses lèvres flétries, et me dit : « Tu es très belle, ma fille. »

J'étais flattée, je souriais pour la remercier d'avoir dit que j'étais une belle fille, parce que c'est ainsi qu'il fallait se comporter dans mon village pour montrer la droiture de son éducation et être aimé.

Sambèna quitta la maison. Je la regardai partir, me demandant ce qui avait bien pu l'amener chez nous. Mais j'étais un enfant, et *un enfant bien éduqué ne pose pas de questions.* En fait, ma bouche d'enfant était muette quand il s'agissait d'aborder certains sujets. J'étais donc condamnée à me taire et à attendre que maman me dise ce que je devais savoir.

Une semaine après le passage de cette vieille femme chez nous, ma mère me fit endosser une grande robe, sans culotte en dessous. Elle me convia à la suivre. Je n'avais pas compris pourquoi ce jour-là, en quittant la maison, elle m'avait ordonné de ne pas porter de culotte. Cependant, j'étais restée fidèle à mon silence d'*enfant bien éduqué qui ne pose pas de questions*.

La main dans la main, nous nous rendîmes dans une cabane située à la lisière du village, du côté du levant, à la devanture de laquelle se dressait un grand tamarinier. Une dizaine de jeunes filles, habillées comme moi, y étaient assises, inquiètes, voire effrayées. Je tremblais de peur, alors que tout heureuse, maman échangeait des salutations et des nouvelles avec les autres femmes.

Un moment après, chaque maman fit sortir sa fille de la cabane. Puis, un cri s'éleva et nous fit tressaillir. Nos mères essayaient de nous consoler. Un silence retombait sur la nature, conviant la suivante.

À mon tour, je sortis de la cabane, accompagnée de maman. J'aperçus sous le grand tamarinier la vieille Sambèna. Elle avait un couteau dans la main. Elle était avec deux autres femmes, sèches et grises, qui tenaient chacune une calebasse contenant une décoction. Oui, elles étaient grises, malgré les sourires rassurants qui éclairaient leur visage osseux. Je les revois… Elles parlaient de ma beauté de jeune fille… pour me distraire, peut-être. Elles disaient des choses que je ne comprenais pas, parce que mes pensées étaient perturbées par leur présence sous ce grand tamarinier, avec un couteau dans la main. Je tremblais de peur. Je m'accrochai aux bras de ma mère.

Elle me dit :

« Tu dois être courageuse, ma fille… Tu ne dois pas avoir peur. »

Puis elle chuchota à mon oreille :

« Grand-mère Sambèna veut enlever un *ver* de ton *derrière*. Il faut l'enlever vite sinon il te fera mal. Tu vois, elle a sauvé tes camarades de cette vilenie. »

Je me laissai faire parce que j'avais peur des vers. Quand je les voyais, je m'enfuyais toujours en criant.

J'allai m'accroupir devant la vieille Sambèna. L'une de ses assistantes me tint par les bras et l'autre écarta mes jambes. Sambèna m'ordonna de tenir la tête haute, de garder les yeux vers le ciel, le ciel des dieux. Ce que je fis, pour qu'elle m'enlève ce vilain et cruel *ver* qui s'était logé dans mon *derrière*.

Sambèna effleura ma jeune vulve, un instant. Ce geste me rassura parce qu'il me chatouilla. Et soudain, je ressentis une douleur qui traversa tout mon corps. Je criai de toutes mes forces. Je me mis à pleurer. Je retirai les yeux du ciel pour voir le *ver* qui me faisait mal en sortant de mon *derrière*. Mon sexe crachait du sang sous le regard enjoué de la vieille Sambèna et de ses commères. Elles avaient accompli leur devoir avec succès. Je lis la frayeur sur ton visage, homme de plume. Sache que je n'exagère rien. Je rends les secrets de mon village que les miens n'aiment pas entendre.

Ces vieilles femmes souriaient… de satisfaction, oui, de satisfaction. Dans un trou creusé sous le grand tamarinier, je vis un morceau de mon clitoris qui respirait encore avec, au bec, un filet de sang qui en humectait d'autres. Le *ver* était sorti du fruit: Mon derrière pouvait respirer. Et comment il respirait !

Après l'opération, tous les morceaux de clitoris des jeunes filles furent enterrés dans un trou creusé sous le grand tamarinier. Et les dieux de mon village et le tamarinier savent combien de ces morceaux de chair humaine ont été ensevelis là, au fil des ans. La douleur nous brûlait les entrailles. Mais nos morceaux de chair ont nourri la terre qui nourrit l'arbre qui nourrit l'homme qui nourrit la femme. Était-ce là le prix à payer depuis que nous, les femmes, avions apporté le malheur sur la Terre ? Je me posais cette question parce que je m'étais souvenue de cette histoire que m'avait relatée ma mère un soir, avant mon sommeil :

« *Autrefois, le ciel était si bas qu'on pouvait le toucher de la main. Il donnait aux êtres vivants tout ce qu'ils voulaient. Il n'y avait pas de disettes, de maladies et de malheurs. Hommes et femmes vivaient en parfaite harmonie dans l'amour et la compréhension. Ce monde était l'œuvre de Dieu. Il avait interdit de jeter une pierre sur le ciel ou de le frapper avec un objet quelconque. L'homme a respecté cette volonté du créateur. Mais, un jour, la femme lui a désobéi en frappant le ciel avec un pilon. Alors le ciel s'est élevé à jamais et la souffrance est descendue sur la Terre.* »

Je me demandais si c'était cela le prix à payer par la soumission à l'homme, l'excision, les nombreuses souffrances que je subissais très tôt dans ma vie de femme. Je n'osais pas le demander à ma mère qui m'avait confirmé que la vieille Sambèna avait enlevé un *ver* de mon *derrière*.

Mon sang coula abondamment avant de s'arrêter, après plusieurs lavages avec la décoction des calebasses et un massage régulier au beurre de karité. Voilà comment, homme de plume, j'ai accueilli avec les filles de ma génération, mon premier contact avec la main d'une exciseuse.

Nos plaies mirent environ trois semaines à se cicatriser. À notre guérison, une grande fête fut offerte pour commémorer l'événement, boire, manger et danser… parce que nos clitoris étaient coupés et notre *premier sang* de femme avait coulé sous le grand tamarinier, pour nourrir la terre des ancêtres, la terre des dieux du village. Les gens s'extasiaient en nous comblant de compliments. Pour exprimer notre joie d'être excisées, nous nous trémoussions aux sons du tambour. Nous avions honoré le vœu de n'importe quelle famille digne de ce nom. Nous nous étions soumises à la règle qui voulait que nous soyons mutilées de cette manière. C'est la vie qui le recommandait pour être une femme bien : féconde, fidèle et soumise.

Désormais, avec mes amies et toutes les femmes excisées, nous apprendrons à vivre avec un demi-clitoris. Dans quel monde vivons-nous qui impose de mutiler des êtres pour être heureux ? Oui… heureux.

Je vis avec un demi-clitoris parce que les miens me l'ont imposé. Ils n'ont pas demandé mon avis. Ils m'ont mutilée au nom de leurs traditions, de leur vérité, la vérité de mes ancêtres. Voilà la dure épreuve de mon destin de femme, née pour accepter ce que les miens et les dieux m'imposaient, au rythme envoûtant des tambours accompagnés de chants glorieux et de battements de mains. Mais, au fond de moi, gisait une disgrâce qu'ils ne voyaient pas. D'ailleurs, peu importait ce que je pensais. J'étais née pour me soumettre aux hommes et aux règles de ma société. J'étais née pour être victime de ma soumission. Parce que je suis une femme, parce que ma mère l'acceptait et me l'imposait pour que je l'impose à mon tour à mes enfants.

Homme de plume, dis aux hommes mes souffrances. Apprends au monde mes déboires de femme pour que je sois comprise et aimée, pour que mes sœurs ne connaissent pas la vie que j'ai vécue. Je veux aussi que Dieu m'entende. Parce que, dans ma vie, j'ai vu beaucoup de pleurs sans consolation. Je voudrais que tu me comprennes, homme de plume. Je voudrais que ces pages de mon histoire arrivent à tes lecteurs et je sollicite leur compréhension.

— Sois rassurée, je n'oublierai pas cette importante mission que tu me confies, lui dis-je. Je voudrais aussi que Dieu t'entende et t'accorde sa grâce.

— Amen, fit-elle en gardant un silence céleste sur le visage, puis elle reprit :

— Homme de plume, écoute-moi et tu verras que les mots que je viens de dire tout à l'heure ne sont pas ces coques vides jetées au quotidien sur des tas d'ordures que tu vois un peu partout dans notre ville.

3

Après l'excision, la vie reprit pour moi d'une fort belle manière. En effet, c'est lors de cet événement que j'ai rencontré celle qui sera ma meilleure amie du village.

Elle s'appelait Obi, une fille aux yeux clairs sous des cils noirs, comme les miens. Elle était admirablement faite : taille déliée et bien prise, petite bouche, dents d'une blancheur à éblouir. Je me souviens… quand elle parlait, elle aimait regarder de travers en gardant les mains sur les hanches. J'ai passé mes années d'adolescence avec elle. Nous nous rendions souvent visite et allions retrouver nos amies pour chanter, battre des mains et danser. C'étaient des moments de gaieté qui nous retenaient longtemps et nous exposaient aux remontrances et aux punitions des parents. Parce que, nous avaient-ils enseigné, il y a un temps pour s'amuser et un temps pour travailler et se reposer. Ils nous montraient comment il fallait vivre. Nous l'acceptions parce qu'ils nous « avaient nées », parce qu'ils avaient vu la lumière du jour avant nous, parce qu'ils étaient détenteurs de connaissances et devaient nous les enseigner. Ainsi, nous vécûmes en respectant les règles de la sainte tradition de manière continue sous le regard censeur des parents.

La mère d'Obi et ma mère se fréquentaient et s'entraidaient. Elles veillaient sur notre conduite. Elles parlaient de la fidélité de notre amitié, se préoccupaient de notre avenir. Mon père était plus occupé avec mes frères Bindi et Ollé. Cela ne signifiait pas qu'il ne s'occupait pas de moi, au contraire, il m'aimait bien. Je le savais. Il ne me battait jamais. Il m'offrait toujours, avec un bon sourire, des présents pour me témoigner son affection. Cependant, mon éducation revenait plus à ma mère, parce que je suis une femme.

Je grandissais dans ce village en étant ce que les miens voulaient que je sois. Parce que dans ce monde, beaucoup de gens pensent qu'ils ont la recette magique pour rendre les autres heureux.

Je grandissais en acceptant les formules toutes faites en vigueur. *Un enfant bien éduqué doit se soumettre aux règles de sa société.*

Une belle et sereine matinée de mes quinze ans me fit une révélation lorsque, allongée sur le lit, j'écoutais les chants lointains des touracos et le bruissement du feuillage des arbres au passage du vent. Je sentis que mon sexe était humide. Je mis ma main dessus et la retirai pour voir ce qui s'y passait. Je vis du sang. J'en fus si effrayée que je me suis mise à pleurer. Je crus que je m'étais blessée et pensais déjà à la colère de ma mère. Je pensais aussi au jour où j'avais versé *mon premier sang*, le jour où la vieille Sambèna m'avait arraché un morceau de clitoris… en souriant. J'avais aussi pensé à la punition des dieux, à mon destin de femme qui amena le malheur sur la terre. Si Dieu frappe une personne, m'avait-on appris, aucun humain ne peut la sauver. Mais ne m'avait-on pas dit aussi que c'est Dieu qui essuie le derrière du chien qui fait de la diarrhée !

Après réflexion, je voulus en parler à ma mère, mais j'eus peur de dire et de faire ce qui m'était interdit. Ma mère, qui avait mis du temps à me voir à ses côtés dans la cuisine, vint me trouver. Elle me demanda :

— Es-tu malade ?

Après une hésitation, je lui répondis :

— … Oui, mère.

— Où as-tu mal ?

— Au ventre.

Elle me toucha le ventre en me scrutant du regard.

— Il te faut une purge, me dit-elle.

J'étais muette. Elle alla écraser du piment avec des plantes sur un galet, fit une décoction qu'elle mit dans une poire et vint me trouver.

— Allez, retire ta culotte, m'ordonna-t-elle.

Je m'exécutai lentement.

— Fais vite ! dit-elle en m'aidant à me déshabiller.

Elle me courba alors, la tête penchée vers le bas, entre mes jambes. Elle voulut m'injecter le liquide lorsqu'elle s'aperçut que du sang coulait de mon sexe. Elle sourit en hochant la tête. Et moi qui m'attendais à être réprimandée pour une faute commise, je fus étonnée de voir son visage s'illuminer d'un bon sourire.

— Rhabille-toi, me dit-elle.

J'étais stupéfaite. Je me rhabillai en silence. Elle passa affectueusement la main sur mes cheveux et bredouilla :

— Depuis quand c'est commencé ?

— Depuis ce matin, mère…

— … Tu n'es plus petite, ma fille.

J'étais contente de l'entendre, parce que mon rêve juvénile avait toujours été d'être grande, comme elle. Elle me fit une autre décoction tiède qu'elle m'apprendra à faire. Elle la mit dans un récipient et me recommanda un lavage quotidien du sexe. Après quoi, elle me dit que je devais porter sur mon sexe un morceau de tissu. Je compris pourquoi elle coupait de vieux tissus en morceaux pour les conserver dans un des canaris[1] de la maison. Désormais, je passerai aussi le temps à le faire, parce que nous étions des femmes, nées pour le faire, pour marcher chaque mois, avec un morceau de tissu sous la culotte, entre les jambes. Ma mère me fit cette recommandation :

— Chaque fois que ce sang coulera, tu n'approcheras pas les amulettes[2] de ton père, tu ne toucheras pas ses instruments de travail, compris ?

J'acquiesçai de la tête en m'enquérant :

— Pourquoi, mère ?

Elle me dit :

— Ce sang de la femme a une grande capacité de nuisance.

— Pourquoi, mère ?

Elle me fixa des yeux un moment, soupira et dit en hochant la tête :

— Tu poses beaucoup de questions, ma fille, et que t'ai-je dit ?

Je me souvins qu'elle m'avait maintes fois enseigné qu'*un enfant bien éduqué ne pose pas de questions.*

— Pardonne-moi, mère, lui dis-je.

— C'est fait. Surtout, n'oublie pas.

1. Vase en terre cuite en Afrique.
2. Petit objet porté sur soi par superstition pour se protéger de la maladie, du danger et du malheur.

La journée passa très vite. J'allai retrouver mon amie Obi pour partager la joie d'être une grande fille. Je lui annonçai que mon sang avait coulé, *mon deuxième sang* de femme.

Obi était heureuse pour moi. Elle m'informa qu'elle aussi traversait cette période. Je lui en voulus de ne pas m'avoir alors informée. Elle s'excusa en accusant le temps. L'important, ce jour-là, est que nous nous sommes bien amusées, si bien que nous n'avons pas senti le temps passer. Le rêve de quitter les terres de l'enfance hante souvent les enfants. Ils n'aperçoivent pas derrière le sourire de leurs parents les problèmes et les soucis cachés qui attendent chaque jour une solution.

Voilà, homme de plume, comment j'ai passé la journée de ce que les Blancs appellent les premières menstruations, de mon *deuxième sang* de femme. Ce que j'ai retenu est que ce sang est le symbole de ma rupture d'avec mon enfance, de ma maturation et, en même temps, qu'il est un danger pour l'ordre social. À quinze ans, je n'étais plus un enfant dans mon village. J'étais mûre, c'est-à-dire que le temps de ma vie de mère était arrivé. Ce sont les étapes de la vie, n'est-ce pas, homme de plume ?

— Oui, la vie est une route sur laquelle nous marchons, elle a ses reliefs, lui répondis-je.

— Ah ! homme de plume, je vois que tu me comprends, dit-elle en enlevant une noix de colas d'une calebasse d'eau posée sur le sol à côté d'elle. Elle la fendit et me tendit un morceau. Je la remerciai. Son visage s'éclaira d'un sourire qui me fit aussi sourire, comme par soumission, parce que ce sourire n'était pas venu du fond de mon cœur, mais seulement par respect ou par habitude.

En croquant cette colas, ses yeux brillaient d'une lumière de source. Ces yeux qui disaient qu'elle avait encore beaucoup de choses à m'apprendre.

— Suis-moi donc sur cette route longue et tu comprendras ma vie, dit-elle.

4

Le lendemain de l'apparition de mon *deuxième sang* de femme, au petit matin, j'entendis ma mère susurrer à mon père :

— Elle n'est plus une petite fille.

Mon père avait compris le message. Il enleva sa pipe de la poche de son pantalon, la bourra de tabac et alla l'allumer au tison devant la cuisine. Puis il revint, le visage illuminé de joie et dit à ma mère :

— Plus question de la quitter des yeux maintenant.

Il faut te dire, homme de plume, que ce sang vint illuminer ma vie autrement. Dieu seul sait avec quelle satisfaction mon père buvait chaque jour son petit lait. Je le revois, heureux, parce que mon sang avait coulé, ce sang qui, pourtant, aurait une grande force de nuisance !

Mon père dit à mes deux petits frères, Bindi et Ollé :

— Vous devez respecter votre sœur, elle mérite de la considération.

Mes frères acquiescèrent de la tête. Ils ne savaient pas ce que cela signifiait, mais ils l'admettaient sans poser de questions.

Quelques jours après mon histoire de sang, ma mère m'appela un soir et me dit :

— Tu sais, ma fille, à ta naissance, nous t'avons choisi un fiancé. C'est un homme bien.

Je l'écoutais avec intérêt, car le sujet concernait une étape importante de ma vie. Elle poursuivit :

— Notre choix s'est porté sur ton cousin Madi. Tu dois apprendre à assumer tes responsabilités de femme avec lui, compris ?

Je gardai le silence.

— Compris ? dit-elle de nouveau.

— Oui, mère ?

— C'est la tradition. Il te faut un homme bien, un mari, et nous veillons à ton bonheur.

Je lui dis :

— Mère, il est mon cousin !

Elle répliqua aussitôt :

— Tu poses beaucoup de questions, ma fille, et que t'ai-je dit ?

Je me souvins de ce qu'elle m'avait confié : « *Un enfant bien éduqué ne pose pas de questions.* »

— Je suis la cousine de ton père, me dit-elle, et tout va bien entre nous, n'est-ce pas ?

— Oui, mère, répondis-je.

Elle conclut, avec le sourire aux lèvres.

— C'est bien que tu m'aies comprise.

Ma mère espérait que j'allais donner le meilleur de moi-même à mon futur époux. Je le voyais dans ses yeux… elle voulait mon bien. Oui, elle le voulait. Elle était sûre qu'elle me préparait un bel avenir, mais moi, je souffrais intérieurement. J'accusais ma soumission, ma faiblesse, mon incapacité de pouvoir lui dire : « Maman, laisse-moi vivre comme je le souhaite. »

Mon père, lui, ne se souciait pas de ma réponse. Il était sûr que c'était chose acquise. Il passait son temps couché dans son hamac et tirait des bouffées triomphales de sa pipe. La fumée s'envolait et se dissipait lentement dans la dentelure du feuillage des manguiers de la concession. L'oncle Domba savait aussi, par mon père, que mon sang avait coulé. Tous les deux se rencontraient souvent pour parler de mes futures noces avec mon cousin Madi. J'entendais mon père lui rappeler que la fête devrait être belle, parce que j'étais sa seule fille, et la première, que je méritais pour cela honneur et respect. Mais, au nom de ce respect et de cet honneur, je devais souffrir. Mes parents étaient heureux. Ils ne me demandaient pas mon avis d'ailleurs. Peu leur importait mon opinion. Peu leur importait aussi celle de Madi. Nous étions des enfants, même s'ils disaient que nous n'étions plus des enfants. Ils devaient décider de ce que serait notre vie, sans nous consulter. Ils l'avaient déjà décidé depuis que nous avions vu la lumière du jour, parce qu'ils étaient les premiers à être nés et nous « avaient nés », parce qu'ils connaissaient mieux que nous la vie et que, tant qu'ils vivraient, nous serions toujours pour eux des enfants.

Lorsque je ne travaillais pas, je restais dans la maison à penser à la vie qui m'attendait ou j'allais me promener au bord de la rivière. Et ma mère se demandait souvent pourquoi j'étais dans cet état. Quand elle me trouvait dans la chambre, assise seule, elle me disait : « Au lieu de rester là à ne rien faire, ne vaudrait-il pas mieux que tu apprennes à filer le coton, à tisser… »

Je lui répondais toujours par le silence. Elle insistait et je m'exécutais, malgré moi.

Ma mère nourrissait l'espoir que je serais une enfant prodige, à son image, ou peut-être mieux qu'elle. Je me souviens qu'elle ne cessait de me rappeler : « Sois soumise à ton mari, sache l'écouter et ne hausse jamais le ton quand il te parle. » *Mieux vaut une femme mariée qui souffre qu'une célibataire. Femme sans mari est un bananier sans support.*

Ma mère acceptait, comme beaucoup de femmes, de se soumettre aux hommes. Quand mon père la grondait pour une faute commise, elle se taisait ou s'en remettait à Dieu. Lorsque les choses empiraient, elle s'en remettait à la fatalité. Cette fatalité lui était une solution pour conjurer son mal. Je la regardais avec inquiétude en m'interrogeant sur ce qui m'attendait avec un homme pour qui je n'avais qu'un sentiment fraternel. Je menais une lutte intérieure avec les deux êtres invisibles qui guident notre vie : l'*Être de révolte* et l'*Être de soumission*.

Mon *Être de révolte* refusait la vie que ma mère avait vécue, vivait et qu'elle voulait reproduire comme un modèle. Parfois, il me disait avec la discrétion qui lui est propre :

« Ne l'écoute pas. Fais comme tu voudras… surtout, ne l'écoute pas ; elle finira par t'accepter comme tu es. »

En entendant ces mots, mon *Être de soumission* répliquait avec force :

« N'écoute pas cet insolent qui veut te perdre ; le respect pour celle qui t'a fait voir la première fois la lumière du jour est sacré. »

Je convenais avec lui :

« C'est ma mère, comment pourrais-je lui faire mal ? »

— Tu sais, homme de plume, un jour mon *Être de révolte* m'a poussée à contredire ma mère. C'était un soir, à mon retour de la rivière. Elle voulait que je me fasse belle. Madi allait arriver à la maison. J'opposai à sa volonté un refus catégorique. Effrayée de me voir dans cet état, elle en eut les larmes aux yeux. C'était la première fois que je la voyais avec des larmes, même mon père ne l'avait jamais fait pleurer. Je demeurai confuse et attristée de la voir pleurer, de la faire pleurer. Mon *Être de soumission* me gronda ce jour-là, sévèrement. Je l'entends encore me disant :

« Quelle fille es-tu pour faire pleurer ta mère ? »

— Je ne voulais pas, lui répondis-je.

« Allez, fais-toi pardonner, dit-il. »

Je me mis à pleurer en me jurant de ne plus la faire pleurer. J'en voulais à mon *Être de révolte* qui avait délié ma langue que j'avais si bien attachée à ma tradition.

Ma mère essuya ses larmes à l'aide d'un pagne et plongea son regard dans le mien, avec la muette supplication de ne plus recommencer.

Homme de plume, j'étais réduite au silence, comme ma mère, qui avait la lourde mission de régénérer des habitudes sociales, même celles qui sont, à mon avis, stupides. Depuis, j'évitais de la contredire. Parce que le destin a voulu que je naisse ici, dans ce coin du monde, pour vivre ainsi. La vie, pour moi, était monotone. Il m'arrivait souvent de m'ennuyer et l'ennui entraîne des pensées sombres qui irritent et rendent triste.

Par un beau coucher de soleil, je me rendis au bord de la rivière, dans un endroit caché. J'enlevai mes sandales en caoutchouc, m'assis les pieds dans l'eau, pour adoucir le sentiment d'infirmité intérieure que je ressentais et que je vivais, dans le silence. Je respirais la senteur des fleurs sauvages exaltée par une journée de chaleur. Mon souvenir de cet endroit est fait de cette odeur… l'odeur du sol qui m'a vue naître. Soudain, j'entendis des pas. Je me retournai et je vis venir vers moi un jeune garçon. Je ne l'avais jamais vu auparavant. Il s'assit à côté de moi. Quel courage, il avait ! Je n'osais pas le fixer droit dans les yeux. *Une fille bien éduquée ne regarde pas un homme dans les yeux.*

Quand il me parlait, je bredouillais des portions de mots, sans exprimer pleinement ce que je ressentais au fond de moi, sans dire mes pensées vraies. Il me demanda :

— Tu permets que je te tienne compagnie ?

— Comme tu veux..., dis-je.

— Je ne t'ai jamais vue par ici !

— Moi non plus.

— Je m'appelle Sié et toi ? demanda-t-il.

— Moi, c'est Yeli.

Il garda un moment de silence et dit :

— Je suis ravi de te rencontrer.

Il ne me quittait pas des yeux durant notre conversation. Je le sentais… J'étais confuse. Je l'entendis dire d'une voix doucereuse :

— Tu es bien jolie, Yeli !

Je me souvins que ma mère m'avait dit au sujet des garçons :

« Surtout, fais attention à eux ; ils ont une langue agile et rusée qui peut faire mal. »

Je sortis les pieds de l'eau et me levai. Je voulais partir. Il me supplia de rester avec lui. Il avait l'air sympathique, sincère.

— Le travail m'attend, lui dis-je.

Je portai mes sandales et pris le sentier qui conduisait à la maison. Je sentais qu'il m'accompagnait du regard. Je le sentais, même si je ne le regardais pas. J'étais heureuse d'avoir entendu pour la première fois un homme me faire des compliments sur ma beauté. Je m'en voulais de l'avoir quitté si vite. Quelques regards jetés sur lui en cachette m'avaient permis de découvrir un beau garçon, avec des dents de jeune lion, robuste, au regard droit et déterminé. Il était âgé de dix-huit ans environ, disons qu'il avait à peu près l'âge de mon fiancé Madi. Son visage respirait l'audace et la bravoure qui manquaient à Madi. Je m'en voulais de l'avoir quitté.

Depuis ce jour, ce jeune garçon entra dans ma vie. Il me revenait souvent en pensée. Je voulais l'oublier, mais il était là et me tourmentait. Il fallait que je le rencontre de nouveau, que je l'entende.

Un soir, Sié vint me trouver. J'étais assise à la même place, sur la berge de la rivière. Nous étions contents de nous revoir. Il posa la main sur mon épaule. Je gardai la tête basse. Je voulais lui dire que ce geste ne me plaisait pas, mais j'étais silencieuse, comme si j'avais perdu ma langue. En réalité, je le désirais.

Il me dit :

— Tu m'as si vite quitté la dernière fois, comme si j'allais te manger.

Je lui répondis :

— J'ai un fiancé.

Puis je me penchai pour prendre une brindille qui traînait sur le sol. Sa main glissa de mon épaule.

— Qui est ton fiancé ?

— … Madi.

Il observa un silence et ajouta :

— J'ai aussi une fiancée.

— Nos destins n'ont pas le même chemin.

Il me fit remarquer :

— Si nous nous sommes rencontrés, c'est parce que les dieux le voulaient.

Je gardai le silence. Il me dit que sa fiancée s'appelait Amoui, qu'il ne voulait pas l'épouser. Il me fit beaucoup de confessions que je n'entendais plus. Dans ma tête bourdonnait cette unique pensée : il a une fiancée. Je voulais son amitié, cependant je pensais à mon fiancé, à mes parents. Que diraient-ils ? Ils dominaient ma vie. Leurs visages me suivaient partout où j'allais. J'entendais leurs voix qui me disaient ce que je devais faire et ne pas faire. Je les écoutais, mais ne pouvais m'empêcher de rencontrer Sié. Nos relations se raffermirent. Madi s'éloignait de ma vue. J'étais souvent pensive. Obi, qui l'avait remarqué, me demanda un jour :

— Pourquoi fais-tu souvent cette tête ?

Je lui répondis par une question :

— Aimes-tu ton fiancé, Naba ?

Elle me regarda, stupéfaite. Elle ne voyait pas le rapport avec sa question. Je lui dis :

— Comment peut-on vivre avec un homme qu'on n'a pas choisi ?

Obi sourit en me disant :

— Qui d'autre veux-tu épouser que celui que tes parents t'ont choisi ?

Je gardai le silence parce que je savais qu'elle acceptait la tradition imposée. Je me contentai d'aimer Sié en cachette et de souffrir sans pouvoir le dire à ma meilleure amie. Je n'étais pas certaine qu'elle garderait mon secret.

Obi aimait Naba imposé à elle comme moi à Madi. Elle l'aimait. Elle me parlait de lui constamment, qu'il était beau, courageux, généreux, tous ces mots que l'on dit pour celui qu'on aime. Je me demandais pourquoi ce sentiment m'était absent avec Madi. Contrairement à Obi, je trouvais très ennuyeux la vie avec un homme qu'on n'a pas choisi. Elle, elle s'abandonnait sans réfléchir à son destin, comme ceux de ce monde qui optent de se laisser guider par les autres. Peu leur importe que le ciel soit gris ou bleu, pourvu qu'ils soient satisfaits dans leurs besoins essentiels. Moi, j'étais de celles qui aiment poser beaucoup de questions, qui veulent comprendre, décider elles-mêmes, répondre de leurs actes.

Je vivais sans être comprise. J'étais condamnée à vivre dans le silence, avec mes convictions et mes opinions en attendant le moment opportun pour réaliser mes rêves. Parce que, dans la vie, toute chose a son temps. Anticiper certaines actions pourrait conduire à l'abîme.

Ma mère ne connaissait pas mon secret, ma vie parallèle avec Sié. À la maison, j'accueillais toujours Madi joyeusement. Et la vie continuait sa marche avec mes secrets.

Un jour, une bonne nouvelle arriva au village : l'instituteur, Moribo, s'était doté d'un téléviseur. C'était une grande première. La nouvelle se propagea comme une traînée de poussière. Les habitants de Loto se réjouissaient. Parce que, je dois te le dire, homme de plume, notre village n'intéressait personne sauf au moment des élections quand il fallait choisir un dirigeant pour le pays ou distribuer des vivres qui venaient des Blancs.

Chaque soir, beaucoup de gens se rendaient chez Moribo pour avoir des nouvelles de la ville et du monde entier. J'étais aussi attirée par le magicien de l'image, tel que nous l'appelions.

Après maintes recommandations, ma mère me donna un soir la permission d'aller voir au-delà des montagnes et des collines du village. Je ne saurais décrire le sentiment de joie qui m'anima ce jour-là. Le temps me parut des plus beaux. Je me souviens. C'était une nuit du mois de septembre. La lune brillait de tout son éclat au milieu des étoiles parsemées sur la voûte céleste. Les contours des êtres et des choses se détachaient sur le ciel clair.

Devant la télé, l'ambiance était gaie : sourires flottants, voix blafardes, rires étouffés, secrètes confidences.

Une page publicitaire passait : pommades pour éclaircir la peau, cubes pour rendre les sauces agréables, plages pour se détendre, piscines et restaurants qui font rêver, jeux de hasard pour sortir de la pauvreté. Puis, le journaliste donna les grands titres de l'actualité : visite du président en France pour rencontrer son homologue français, don d'un moulin par un député à une coopérative villageoise…

À la fin du journal télévisé, une musique annonça le début d'un film. Je crois utile de te livrer, homme de plume, un passage qui m'a marquée et reste mémorable :

L'acteur principal est un quinquagénaire du nom d'Elmondo. Il est vêtu comme il faut : chapeau, veste, gilet, cravate et chaussures bien cirées. Il marche sur un trottoir couvert de pavés. Son visage aimable respire le bonheur. Il dépasse des dames vêtues de dentelles de soie avec des tailles étranglées. Elles vont et viennent en se faisant des confidences. Des hommes habillés de somptueux vêtements tiennent des dames par le bras en conversant. Elmondo dépasse tout ce monde et arrive devant le portail d'une maison. Il sonne deux fois. Un garçon qui le connaissait vient en courant. Il lui ouvre et le conduit dans le salon où l'attend une femme, Joséphina. Elle porte un décolleté plongeant qui dessine impeccablement sa gracieuse silhouette. Cette découverte inspire beaucoup de plaisir à Elmondo. Ses yeux brillent joyeusement. Joséphina sourit. Sa bouche a une belle expression. Elle est une élégante, grande et sensuelle jeune fille au regard langoureux, avec des cheveux longs qui lui donnent une allure de fée. Elmondo l'embrasse longuement sur la bouche.

Nos hommes du village rassemblés autour de la télé se mirent à chuchoter. Ils parlaient de la beauté de Joséphina, de l'amour. Pini, une vieille, sèche, fit une moue et se tordit sur son siège. Puis elle tourna le regard vers Bossan, un vieil homme revenu de son exil de Côte d'Ivoire où il avait passé une bonne partie de sa vie dans les plantations.

— Quel plaisir ont-ils à être collés par la bouche ? demanda-t-elle d'une voix railleuse en hochant la tête.

— C'est l'amour, dit Bossan.

— *Amor ?* fit Pini.

— Mieux vaut te taire, ma chère, tu ne peux pas comprendre ce langage. C'est l'amour, pas comme tu le connais et le dis : *amor*. D'ailleurs sais-tu ce que signifie *amor* en français ?

— Quoi ?

— C'est tuer, alors que l'amour c'est…

— Ah ! toi, toujours le même. Moi, je n'ai plus besoin de ces choses-là. La vie m'en a suffisamment données.

— Alors pourquoi demandes-tu ce que tu connais ?

Des rires discrets s'élevèrent çà et là. Pini demeura muette. Le silence s'installa et elle s'absorba de nouveau dans la suite de la scène télévisée :

Après un bon dîner arrosé de vin, assis dans un moelleux fauteuil, Elmondo et Joséphina se caressent.

— Je suis heureuse que tu sois venu, j'ai tant besoin de toi, confie Joséphina en levant vers lui des yeux lourds d'amour.

Elmondo lui répond par un baiser sur la bouche, le front, les joues. Elle ferme les yeux et poursuit d'une voix sensuelle :

— Tu me prendras pour femme. J'aurai plaisir à m'occuper de toi.

Elmondo la serre dans ses bras. Elle rouvre les yeux lorsqu'elle entend :

— Alors toi, tu m'épouserais ?

— Toutes les nuits, je pense à toi. Mais je me demande si tu quitterais ta femme pour tout recommencer avec moi, après tant d'années de vie conjugale !

— Je t'aime.

Les yeux de Joséphina s'illuminent de joie. Sa beauté étincelle de mille feux. Elmondo lui enlève sa chemise et prend ses seins fermes, pleins de santé, entre ses mains. Joséphina ferme les yeux et gémit au contact des baisers sur son corps.

Les jeunes gens applaudirent. Je vis une clarté illuminer le visage de Lata, le fossoyeur du village. Il souriait à belles dents. Je ne l'avais jamais vu sourire ainsi, même au cabaret de maman. La télé ! Ah ! cette sacrée télé qui avait réussi à arracher un sourire à ce visage osseux, taillé dans la roche, comme une sculpture dans le granit ! La télé nous faisait revivre, découvrir le monde, l'autre monde situé du côté des montagnes qui encerclaient mon village.

Parmi les jeunes filles que nous étions, on entendit un bruissement ininterrompu, des voix sourdes. Avec la télé, nous découvrions ce que nous aurions aimé connaître, vivre : des caresses et des baisers sur le corps qui font gémir, frémir, pleurer de plaisir. Nous entendions ce que nous aurions aimé entendre : des mots tendres qui font rêver.

Ah ! la télé ! Cette sacrée télé qui nous réunissait tous les soirs, nous apportait ce qui nous manquait, car nous le rangions dans le monde des tabous ! Elle brisait nos montagnes. Et l'amour caché était violé d'un commun accord. Vieux et jeunes, hommes et femmes regardaient des scènes d'amour et partageaient des émotions. Qui l'aurait cru ? On entendait, par moments, des murmures, des exclamations fulgurantes qui marquaient un temps d'arrêt.

À la fin du film, les hommes crièrent leur colère. Ils voulaient l'amour. Ils réclamaient l'amour. Mais ce soir, il n'y aurait plus d'amour. Moribo, l'instituteur, avait la paix. Solidarité et humanisme l'obligeaient à se plier en quatre pour nous satisfaire. Il ne devait pas violer la solidarité agissante qui unit les habitants de Loto. Il devait même souffrir s'il le faut, comme moi, pour rendre les autres heureux, même si son *Être de révolte* l'invitait sûrement de temps en temps à refuser de nous accueillir. Nous le remerciâmes avec des gestes de mon temps. Il nous répondit en souriant pour prouver sa cordialité parce qu'il fallait remercier en souriant, parce qu'il n'y avait pas d'autres manières pour remercier avec cordialité.

Le calme s'installa. Je regagnais la maison, accompagnée par le concert des insectes dans les champs humides de rosée. Le village accueillait déjà la lanterne des esprits qui sortaient, comme d'habitude, des grottes pour briller dans les airs.

Cette nuit-là, je voulais découvrir mon corps que j'avais longtemps regardé autrement. Dans ma chambre, j'enlevai ma chemise et pris mes mamelons dans les mains. Je me mis à les caresser, comme Elmondo le faisait dans le film à Joséphina. J'avais la sensation de voler dans les airs. C'était bon et je me demandais ce que les mains d'un homme pouvaient donner. Je découvrais un autre monde. J'avais l'impression de planer.

Les appels de ma mère, maintes fois réitérés, me ramenèrent sur terre. Je m'habillai rapidement, sortis de la maison et la rejoignis dans le cabaret.

C'était une bâtisse située à proximité de la maison. Une lampe tempête éclairait son intérieur. L'atmosphère y était gaie. Ragaillardis par la bière de mil, les hommes riaient. Je les revois ce jour-là, j'entends leurs rires béats, leurs bavardages intarissables.

Il y avait Boudo, une nature impressionnable, ancien combattant du village. Il était vêtu comme à l'accoutumée d'un complet kaki, héritage de l'armée française, torturé par les vicissitudes de la vie, et raccommodé, çà et là, par une main féminine experte. Il le portait aussi bien que sa casquette de la même génération. Des langues disaient qu'il ne s'en séparait jamais… même au lit.

Il y avait Sami, le père de Sié, le fiancé d'Amoui, que je rencontrais en cachette à la rivière. Les lèvres collées à la calebasse, il buvait la bière de mil à grandes lampées, laissant entendre, par moments, un glouglou sonore qui rythmait sa pomme d'Adam couverte de duvet blanc.

Il y avait également Martin l'infirmier, habillé dans sa traditionnelle chemise zinzolin humectée de parfum. Assis à sa place favorite, il fumait sa cigarette Marlboro en jetant en l'air une fumée opaque qui tournait autour de sa tête.

Deux hommes, dont l'un au visage grêle, et l'autre gras, avec de petits yeux lourds de graisse, chantonnaient un air populaire venu de la nuit des temps, en se dandinant.

Je servais la bière à tout ce beau monde et je lavais les calebasses vides. La fête se poursuivit, comme d'ordinaire, jusqu'aux environs de vingt-deux heures. Puis les hommes reprirent le chemin de la maison, ravis d'avoir passé le temps en compagnie des amis.

Peu à peu, un silence enveloppa le village. Je rejoignis mon lit. Depuis cette nuit, des mains d'hommes venaient de temps en temps hanter mon sommeil. Elles me caressaient le sexe et les mamelons. Je peux te dire que la télé m'a fait découvrir mon corps. Elle m'a appris ce que mes parents m'ont longtemps caché. J'espère, homme de plume, que ma franchise ne sera pas perçue comme le fruit d'une perversion !

— Tu sais, lui dis-je, dans ce monde, beaucoup de gens ont découvert leur corps comme toi et se plaisent à le contempler sans oser en parler. Il leur manque votre courage que je félicite au passage.

— Merci, homme de plume. Dans ce monde, il faut savoir se comprendre. Écoute donc la suite de mon histoire.

5

Le lendemain matin, je sortis de la maison. Les chants obstinés des coqs alternaient encore d'une concession à une autre. Je me souviens… le ciel était d'un blanc laiteux. À l'horizon, un jeune soleil étendait ses bras géants vers le village. Les oiseaux accueillaient cette rencontre par un concert émouvant. Je pris un bain et m'habillai. Ma mère vint vers moi et me dit :

— J'espère que tu n'as pas oublié que nous devons accueillir Madi et l'oncle Domba ?

Je gardai le silence. Elle me scruta du regard en constatant ma tristesse. Habillé dans son vieux manteau délavé, mon père vint nous trouver.

— Hé ! Tu es bien triste ce matin, dit-il en me parcourant du regard. Tu n'as pas bonne mine alors que tu dois rencontrer ton fiancé.

— Tout va bien, père, dis-je pour le rassurer.

— Je veux bien te croire, ma fille. Sache que tout ce que nous faisons est pour ton bien. Madi a toutes les qualités d'un bon époux.

J'agréai d'un hochement de tête entendu en me disant : « Comment leur expliquer que je ne veux pas l'épouser ? »

Pendant que j'étais occupée avec ces réflexions, Madi arriva avec l'oncle Domba. Mon père et ma mère les accueillirent à bras ouverts. Ces rencontres étaient aussi des occasions pour échanger avec moi quelques bons sourires et quelques mots, sous le regard comblé et bienveillant des parents.

Après les salutations et confidences d'usage sur le futur, les hommes se mirent au travail. Ils sarclèrent les mauvaises herbes dans le champ alentour jusqu'aux environs de midi, lorsque le soleil, au zénith, étendit ses rayons sur le village. Leurs corps ruisselaient de sueur. Par moments, ils s'arrêtaient pour essuyer leur visage à l'aide d'un foulard, puis ils reprenaient leur besogne. Vers quatorze heures, ils firent une pause pour se régaler des mets que nous leur avions préparés. C'était, je crois, un plat de haricots assaisonnés à l'huile de karité.

Après le repas, mon père remarqua, en regardant la surface du champ jonchée, par endroits, d'herbes mortes :

— Beau travail !

Et, portant la main à l'épaule de Madi :

— Bravo ! Tu es un fils digne des hauts faits de notre famille.

Une lueur de joie étincelait dans le regard de Domba. Il racla, de son index droit, la sueur qui perlait sur son front. Puis, il leva le regard vers le ciel et demeura calme.

De brusques assauts du vent se mirent à tordre les branches des arbres dans tous les sens. Avertis par ce changement du temps, des oiseaux abandonnaient les champs. Le soleil commença un jeu de cache-cache avec des nuages noirs qui parsemaient le ciel. Domba demeura un instant l'air soucieux, et déclara soudain :

— La pluie ! Elle va tomber, vite, nous devons regagner la maison.

Mon père répliqua au même moment :

— Eh ! Ne nous pressons pas. Vous n'êtes pas des étrangers ici, mon toit est le vôtre.

L'oncle Domba répondit d'une voix calme :

— Merci, mon cher, je ne doute pas un seul instant de la grandeur de ton cœur, mais il faut être à la maison avant le début de la pluie. Des travaux nous attendent...

— Tu dis vrai, concéda mon père en serrant la main qu'il lui tendait. À bientôt.

Domba leva le regard vers le ciel s'assombrissant et dit à Madi :

— Pressons-nous, il va pleuvoir d'un moment à l'autre.

Madi me glissa un sourire et je le suivis. Un voile sombre enveloppa le village. Les moutons et les chèvres se mirent à bêler. Le vent redoubla d'efforts, siffla et jeta dans l'air des débris d'ordures. Violemment agités, les arbres gémissaient. Les mils et les maïs bruissaient, des appels et des cris s'élevèrent çà et là pour exprimer des inquiétudes, des angoisses. Un subit grondement de tonnerre éclata. Après avoir rangé les affaires domestiques, je regagnai ma chambre. Je pensais à mon rendez-vous avec Sié… Oui, j'avais un rendez-vous avec lui.

De grosses gouttes de pluie martelaient le sol. Le vent geignait dans la gouttière. Cependant, l'air était chaud et sec dans la maison. J'exprimais mon dépit par des grognements maussades et des coups d'œil inquiets à travers la lucarne. Et je ne cessais de me demander quand cette pluie cesserait. N'en pouvant plus d'attendre, j'allai m'étendre sur le lit et je m'endormis.

Quelques instants plus tard, je fus réveillée par le chant d'un coq. Je sortis de la maison. Aux faîtes des fleurs de maïs, des moineaux battaient des ailes pour chasser l'eau de leur plumage. Une bande de rouges-gorges s'abattit sur les cimes des fleurs de maïs. Pour une poule grasse au plumage blanc, deux coqs s'affrontaient. Les plumes hérissées autour du cou, ils échangeaient quelques becquées. À ma vue, l'un d'eux dressa sa crête rouge charnue et lança une longue chanson. Puis il marcha avec arrogance du côté de la cuisine.

Les moineaux volaient d'une fleur de maïs à l'autre dans les champs humides. L'air s'était fait suave, embaumé des senteurs de la terre se répandant du sol humide. Je pris le sentier de la brousse en chantonnant. Je marchai un bon moment et j'arrivai près d'un buisson. Je me laissai glisser dans l'épaisse frondaison. Il y avait une fraîcheur, un soupir du vent. Sous l'abri des feuilles larges, je m'accroupis. Des moucherons s'agitaient autour de ma tête, défilaient devant mes yeux ou se logeaient dans mes oreilles. Je me contentais de simples gestes de la main pour les chasser.

Voilà, homme de plume, ce que c'est qu'une quête d'amour. À travers le feuillage des arbustes, je vis déboucher, sur le sentier conduisant au village, la silhouette de Sié habillé d'une chemise bleue grossièrement ravaudée et d'une culotte qui lui serrait les cuisses. Ses grands yeux noirs étaient accrochés au manteau de verdure qui s'étendait à perte de vue. Arrivé au niveau du buisson, il s'y glissa silencieusement. Je l'accueillis d'un bon et chaud sourire en lui tendant gracieusement la main. Il la serra, sourit d'un tendre et généreux sourire, et s'agenouilla en face de moi. Une grande joie entra en moi. Nous demeurâmes immobiles sous le murmure des feuilles des arbres et le chant des oiseaux. Puis, comme poussés par une force magnétique, nous nous jetâmes dans les bras l'un de l'autre et nous étreignîmes fort, dans le silence qui dit plus que la parole.

— Je suis fort aise de te voir, ma chère, me dit-il.

— Les prétextes pour te rejoindre sont épuisés, répondis-je.

Il demeura silencieux un instant, soupira, et laissa entendre calmement :

— Ne t'en fais pas, un jour viendra où tu seras libre, je te le promets.

Je gardai la tête basse et je me mis à jouer avec mes doigts. Il prit ma main. Je la retirai doucement. En réalité, j'avais désiré son geste. Je rompis avec la consigne de mes parents en le fixant dans les yeux. Il avait un air sensuel. Il accepta avec beaucoup de calme que je le regarde. Son visage était radieux, ses yeux s'émerveillaient. Il souriait, peut-être parce que c'était tout ce qui lui restait à faire pour exprimer son amour. Il ne resta pas longtemps calme. Il revint à l'attaque en glissant ses doigts sous ma jupe. Je le laissai faire. Mon cœur battait la chamade. Je voulais lui dire d'arrêter ; je voulais l'encourager à poursuivre son action. En réalité, je ne savais plus exactement ce que je désirais. Il effleura ma cuisse droite et alla toucher ma culotte de chasteté avec une volupté que je ne saurais te dire, homme de plume. Je tressaillis et je le repoussai parce que je m'étais rappelé : « *Une fille bien éduquée ne se donne pas vite à un homme.* » C'était une consigne de ma mère laissée à mon *Être de soumission.*

— Sié, il ne faut pas... lui dis-je. Mes parents me tueront s'ils découvraient que je ne suis pas vierge avant le mariage. As-tu oublié que nous sommes en brousse et ne sais-tu pas qu'il est interdit de s'aimer en brousse ? Tu sais que la violation de cet interdit réveillera la colère des dieux qui priveront le village de la pluie.

Il me dit :

— Je sais, mais pour toi, je suis prêt à violer l'amour interdit, il nous sépare et nous éloigne l'un de l'autre.

— À vrai dire, Sié, je me demande souvent si nos rencontres peuvent changer notre destin. Tu es à Amoui, et moi, je suis à Madi.

Sié soupira et bredouilla :

— Je le sais... Toutes ces décisions ont été prises sans nous et nous devons les subir, non, non... Donne-moi un peu de temps et tu verras.

Puis il me dit ces mots agréables :

— Je t'aime.

Je l'aimais aussi, mais je me taisais, je gardais la tête basse, incapable de le regarder dans les yeux, de lui dire que je l'aimais. Nous restâmes ainsi, un moment, puis soudain, le ciel s'emplit de la mélodie des flûtes jouée par des bergers.

Le charme fut brisé au même moment. Nous échangeâmes des regards qui ne cachaient pas notre tristesse de nous quitter si tôt. Nous avions envie de rester là, de braver la colère des parents, mais était-il sage de procéder ainsi ?

Je blottis contre lui mon amour. Il l'accueillit avec ferveur. Un silence nous couvrit un instant, puis nous nous redressâmes et échangeâmes des sourires mélancoliques. Il inspecta les lieux et me dit :

— Il est temps de rejoindre la maison.

Je sortis du buisson. Le ciel était beau. Je me sentais aimée. Un extraordinaire besoin de vivre avec lui s'éveillait en moi. Ce fut mon premier contact avec un homme. Ce fut la première fois qu'un homme toucha ma culotte de chasteté et me caressa entre les cuisses. Quand j'y pense, je ressens encore avec la même intensité le frisson que j'ai éprouvé ce beau jour-là. J'ai ressenti pour la première fois un plaisir qui m'est resté jusqu'à aujourd'hui. Oui, homme de plume, ce fut sans doute ce jour-là que j'eus envie de vivre avec un homme. Je voulais faire l'expérience que l'on m'interdisait avant tout mariage. La voix inflexible de mon *Être de soumission* me mit en garde contre les dangers que je courais en prenant cette initiative. Je l'écoutais sagement.

Après cette rencontre, mon cœur battait toujours fort. Ah ! homme de plume, il me semble que je l'entends encore... comme il battait ! C'étaient les premières caresses de la main d'un homme. J'en avais vu à la télé avec Elmondo et Joséphina. Voilà que je faisais cette expérience sous le regard rouge sang du soleil qui s'acheminait vers le couchant. Des rafales de vent faisaient murmurer les feuilles des arbres. Dans mon for intérieur sonnaient ces questions sans réponses : « Je l'aime et pourquoi nous refusons-nous le droit de nous aimer ? Pourquoi devons-nous cacher notre amour ? » J'accusais la tradition qui conduit au vice, qui nous oblige à nous aimer dans un buisson.

Les aboiements des chiens chassèrent ces pensées. Des colonnes de fumée immobiles dans l'air calme annonçaient la chute de la journée et la cuisson des repas. Mon fiancé Madi s'évanouissait dans ma vie. Sié s'y installait comme cette ombre qui enveloppait doucement, ce soir-là, le village.

Quelques instants de marche encore à travers la verdure des champs de mil et de maïs, et j'arrivai à la maison. C'était une maison en terre battue, avec un toit en terre, sur lequel notre famille se perchait en temps de chaleur pour prendre le repas ou dormir. Plusieurs générations de parents y avaient vécu. Chaque année, après la saison des pluies, mon père et mes frères colmataient les trous et les fissures causés par le mauvais temps, comme ils l'avaient appris des ancêtres. La vie continuait sa marche, avec les mêmes actions, idées, attitudes et habitudes que nous devions reproduire.

Je retrouvai mon père, enveloppé dans son vieux manteau, la pipe à la bouche. Je le saluai avec un sourire aimable et révérencieux qu'il apprécia sans mot dire. Il baissa la tête et marcha vers ma mère qui étripait un lapin pour le dîner. À deux pas d'elle, il s'arrêta en la regardant avec, en bouche, sa pipe. Ma mère leva vers lui son visage, beau, bien que marqué de menues rides autour des yeux et sous la lèvre inférieure. Et tous les deux sourirent. C'est à ce moment que le chien de la maison émit un grognement sourd. Ma mère lui jeta un morceau de tripaille du lapin qu'il dévora instantanément.

— Allez, ça suffit, dit-elle à cette bête dont le regard chargé de convoitise ne la quittait pas. Attendons la cuisson du repas.

Le chien bâilla en émettant un grognement maussade.

— Qu'attends-tu donc pour rejoindre ta place ? lança mon père en l'observant attentivement.

Le chien alla, comme à regret, s'étendre devant la maison, la tête entre les pattes.

Le calme revenu, mon père commença une petite inspection de son champ. Il admirait les pieds de maïs magnifiquement verts, immobiles et sereins. Dans sa silhouette, je lisais un homme heureux. Il envisageait certainement mon bonheur avec Madi, qui devait bientôt éclairer la maison. Mais j'étais heureuse d'avoir rencontré Sié. Ma mère sentait mon bonheur. Elle voulait le comprendre et le partager. Elle s'attardait à chaque trait de mon visage, espérant y lire quelques secrets. Mais mon *Être de révolte* m'avait enseigné une nouvelle conduite : agir dans le silence selon mes volontés et ne rien laisser paraître à mes parents.

Ma mère me demanda :

— Comment va Obi ?

— Bien, mère.

En fait, elle croyait que j'étais avec Obi parce que c'est ce que j'avais inventé pour aller rejoindre Sié.

Plus le temps passait, plus je découvrais d'autres astuces. La télé continuait aussi à m'apprendre comment vivre selon ses volontés.

Un soir, je regardais une série italienne qui me rappela mon amour avec Sié. Le sujet portait sur deux êtres qui s'aimaient d'un grand amour. Le père de la fille, un espagnol du nom de Marcello, fils d'un ancien esclavagiste, ne voulait pas que sa fille, Angela, épouse un italien du nom de Pino.

L'histoire commence dans un salon richement orné où sont assis Marcello, le père d'Angela et sa femme Paula. Les valets dressent la table. Arrive Angela. Elle embrasse ses parents et s'assoit. Marcello boit son vin en gardant sa canne entre ses jambes. Angela hésite un moment et dit calmement, après avoir partagé avec sa mère un regard complice :

— Père… Je suis amoureuse, dit-elle.

Marcello fronce les sourcils et fixe sa femme d'un regard interrogateur. Sa femme lui sourit. Il finit par sourire à son tour. Il demande à sa fille :

— Pouvons-nous savoir quel est le prince charmant qui veut t'arracher à nous ?

Angela hésite un instant :

— … Pino.

Le visage de Marcello se durcit aussitôt.

— Le fils de cet Italien... non, je ne peux le tolérer.

Paula soupire, puis dit :

— Marcello, comprends ta fille. Elle l'aime.

— Non, fit Marcello d'une voix coupante.

Des larmes coulent des yeux d'Angela. Elle se lève, la tête basse, et va se réfugier dans sa chambre. Sa mère la rejoint. Elle la trouve, couchée, la face cachée dans l'oreiller. Elle s'assoit à ses côtés et se met à caresser ses cheveux.

— Ne pleure pas, ma fille ; ton père ne te veut pas de mal.

Avec un sursaut de colère, elle lui dit :

— Alors pourquoi refuse-t-il que je vive avec lui ?

Puis le jour succède à la nuit pour annoncer un autre décor.

Pino est dans un café. Arrive Angela. Elle est effondrée. Il l'accueille affectueusement en l'embrassant sur la bouche. Et elle dit d'un air triste :

— Mon père est contre notre mariage.

— Que nous reste-t-il donc à faire ?

— Je ne sais pas.

Pino est pensif. Il la serre dans ses bras en bredouillant :

— Nous nous en irons loin d'ici.

Ils s'embrassent fort.

Après ce film, une idée me vint à l'esprit : faire comme Pino et Angela, m'en aller loin de mon village avec Sié. Nous gardâmes à l'abri des yeux l'amour souverain qui nous liait. Nous n'attendions que le jour de la délivrance, le jour d'un amour à visage découvert. Nous envisagions le divorce avec notre passé pour vivre le présent autrement, comme nous l'aurions souhaité.

Nous fîmes en cachette des projets d'avenir. Dès lors, nous n'imaginions pas vivre l'un sans l'autre. Nous nous en remîmes au temps. Mais la vie m'a montré qu'il existe des imprévus qui arrêtent parfois le cours de l'histoire. Il y a de ces moments qui amènent le réconfort à ceux qui ont l'impression d'avoir tout perdu. Les solutions arrivent souvent après plusieurs efforts infructueux. Oui, la lumière chasse toujours les ténèbres qui veulent engloutir, ensevelir des êtres sincères, courageux, qui ne demandent qu'à être compris.

Homme de plume, écoute la suite de mon histoire et tu me donneras raison, mais avant je te propose de m'accompagner avec du thé.

J'accueillis cette proposition avec enthousiasme.

Yéti appela un garçon qui arriva en pressant le pas. Il s'appelait Madou, mais il était plus connu sous le sobriquet de Fakir en l'honneur de son art pour préparer le thé. Et puisqu'il aimait bien ce nom, nous allons durant ce récit, nous conformer à la tradition en l'appelant ainsi.

Fakir sortit la théière et le sucre, alluma le fourneau. Le soleil effaça le nuage noir qui l'avait englouti tout à l'heure et illumina le ciel.

Yeli dit :

— Nous pouvons reprendre notre route.

6

—Homme de plume, écoute la suite de mon histoire. Une grande sécheresse frappa le village. Les récoltes furent dévastées. Les bêtes mouraient par dizaines. Beaucoup de jeunes gens prirent le chemin de l'exil pour chercher des moyens de subsistance. Madi était parti, Sié aussi, alors qu'il prenait une importance grandissante dans ma vie. Cela commençait au réveil et durait toute la journée. J'attendais impatiemment son retour d'exil.

Ma mère voyait ma mélancolie régulière et l'attribuait à l'absence de Madi. Toute la journée, je ne parvenais pas à me maîtriser. Tout ce que je prenais me tombait des mains si bien qu'elle me demanda un jour :

— Où as-tu mis ta tête, ma fille ?

Je demeurai muette. Elle me câlinait plus souvent et moi, je tenais à l'ombre de tous soupçons les amours joliment sculptées qui me liaient à Sié.

L'année fut torride. Les parents, désespérés, après les nombreuses offrandes aux dieux, s'abandonnèrent aux ancêtres ou à la fatalité. La sécheresse dura deux années. Puis vint une saison des pluies qui donna de bonnes récoltes. Les fils partis en exil revinrent avec de l'argent et des présents pour leurs parents et amis. Seul Madi, mon fiancé, ne donna pas signe de vie. Certains racontaient qu'il était mort, tandis que d'autres disaient qu'il avait épousé une femme en ville. Ces nouvelles n'étaient pas bonnes, mais elles me réjouissaient depuis le retour de Sié. Tu vois, homme de plume, que la vie fait parfois de nous des êtres de bonheur sur de tristes événements !

Lorsque la nouvelle me parvint, j'allai trouver ma mère et lui déclarai :

— Mère, puisqu'il ne reviendra pas, puis-je choisir un fiancé ?

Je me souviens de l'expression de crainte avec laquelle elle me regarda.

— Quelle pensée mijotes-tu là ? As-tu quelqu'un dans ta vie ? me demanda-t-elle.

— Non maman, répondis-je en détournant la tête.

— Curieux tout de même ! Surtout ne me mens pas, je suis ta mère.

Je levai le regard vers elle et dis :

— C'est la vérité, maman.

— Je veux bien te croire… Mais fais attention aux garçons, dit-elle.

J'acquiesçai d'un signe de tête. D'ailleurs, si moi j'avais perdu Madi, Sié avait toujours Amoui dans sa vie. Ses parents lui demandaient chaque jour une date pour la célébration des noces. Il faisait semblant de se plier à la volonté paternelle en espérant que le vent soufflerait favorablement de notre côté pour nous marier.

Depuis notre conversation, ma mère rôdait autour de moi, inquiète. Elle se livrait à une prospection permanente, cherchant à découvrir la pépite secrète d'un homme dans mon cœur. Mon père avait demandé de veiller sur moi depuis que mon *deuxième sang* de femme avait coulé. Ma mère le faisait sans failles. Aussi, elle croyait faire œuvre utile à son mari, à la société, à elle-même, mais mon cœur avait sa raison qui refusait la conduite répétée.

La vie continua sa marche et, un soir, Sami, le père de Sié, arriva chez nous. À sa vue, mon cœur se mit à battre. Je pensais que Sié avait décidé de demander officiellement ma main. J'étais inquiète.

Sami échangea avec mon père une poignée de main chaleureuse avant de s'asseoir. Ma mère lui apporta de la bouillie de mil dans une calebasse neuve qu'il but à grandes lampées en gardant les yeux mi-clos. Puis s'essuyant les lèvres du revers de la main, il remarqua :

— Ah ! quel délice, cette boisson !

— C'est le fruit de ma récolte de l'année dernière, dit mon père, l'air réjoui.

Sami tendit la calebasse à ma mère et la remercia d'un bon sourire.

Après cet accueil conforme aux normes de mon temps, ils se mirent à parler. J'entendais prononcer souvent mon nom… et rire de temps en temps. J'étais contente parce qu'ils riaient, parce que le rire est l'expression de la joie que nous ressentons.

Ils conversèrent longuement. Le crépuscule s'installait en maître sur le village. J'ai toujours vu dans les ténèbres la présence des mauvais esprits qui sortent des grottes pour ensevelir des vies, jeter des sorts. Mais il me semblait que le crépuscule qui s'annonçait, ce soir-là, m'apportait une bonne nouvelle.

Lorsque Sami demanda à s'en aller, mon père m'appela afin que je me conforme aux salutations d'usage. Ce qui fut fait, et une lueur d'allégresse éclaira aussitôt le visage du vieil homme. Mon père l'accompagna et revint à la maison. Mourant de curiosité, je l'épiais. Que s'était-il passé ? Qu'avaient-ils décidé ? Des questions me revenaient sans cesse en pensée. Ma mère aussi était restée muette.

Après le repas du soir, avant d'aller au lit, ma mère vint me chercher dans la chambre :

— Viens, me dit-elle, nous avons à te parler.

Je la suivis auprès de mon père. Nous nous assîmes, et il débuta :

— Te voilà grande, ma fille, nous t'avons mise au monde et devons veiller à ton bonheur. Deux saisons sont passées depuis le départ de Madi pour la ville et nous ne le voyons pas revenir. C'est une triste nouvelle pour nous. J'ai consulté l'oncle Domba. Je lui ai dit que le temps passait pour une fille comme toi. Il m'a compris. Il m'a dit que tu pouvais refaire ta vie avec un autre homme. C'est pourquoi nous t'avons trouvé quelqu'un de connu et apprécié de tous pour sa bravoure et son honneur.

Je me disais :

— Enfin, je vivrai avec Sié.

Mais ce soir-là, j'entendis cette mauvaise nouvelle :

— Ton futur époux est un homme respectable. Sami est mon ami, il te rendra heureuse.

Ce nom jeta aussitôt la tristesse dans mon cœur. Mes yeux s'embuèrent immédiatement de larmes.

— Pourquoi pleures-tu, ma fille ? demanda ma mère, stupéfaite.

Pour toute réponse, j'éclatai de nouveau en sanglots. Mon père me suivait des yeux, surpris. Il se leva et s'engouffra dans la maison, me laissant aux consolations de ma mère. La décision était déjà prise. La promesse faite ne pouvait plus être retirée. Je me disais : « Tous ignorent mes amours avec son fils. Que faire ? »

Je courus me réfugier dans ma chambre. Pendant des jours, je pleurais. J'accusais les dieux du village. Je les trouvais injustes. Je le disais, mais m'entendaient-ils ? Ils se taisaient, laissant les choses se dégrader pour moi. Je ne comprenais pas leur silence chaque fois que le mal frappait un frère qui les sollicitait… et aujourd'hui encore !

Cette nuit marqua le début d'une vie remplie de pensées sombres et d'inquiétudes incessantes. Malgré les conseils de ma mère, je n'avais plus de sérénité. Je me cachais souvent pour pleurer. Sié l'ignorait. J'évitais de le rencontrer. Je m'éloignai de lui jusqu'au moment où je réalisai que rien ne servait de m'emmurer dans la solitude avec mes malheurs. Je changeai d'avis. Je voulus le rencontrer, mais c'était trop tard, il s'enfuyait dès qu'il m'apercevait.

J'attendis longtemps avant de le revoir. J'allais à la rivière, au lieu où nous nous étions rencontrés pour la première fois. J'allais au buisson de notre amour, partout où nous nous rencontrions. Hélas, il avait disparu de ma vie, comme un rêve magnifique qu'on a fait et qu'on voudrait tellement poursuivre. J'attendis jusqu'au début du mois de septembre quand vint l'harmattan, avec ses vents glacials.

Le matin, les hommes quittaient tard le lit. Ils se recroquevillaient sous les couvertures ou s'asseyaient autour des feux de bois allumés pour réchauffer les maisons. Cachés dans le fond du feuillage des arbres, les oiseaux refusaient de chanter. Je restais, étendue, pensant aux heureux moments vécus avec Sié. Je ne me lassais pas de répéter :

— Il n'y a pas longtemps,
Nous étions si proches,
Comme l'écorce et son arbre.
Aujourd'hui si éloignés,
Comme les cornes d'un zébu.

Pourtant, le désir de l'oublier, de le quitter se heurtait au mur de ma passion. Cette passion qui m'imposait une communion constante en pensée avec lui. Elle m'amenait tantôt à l'aimer, tantôt à le haïr. Elle caractérisa mon être tout entier pendant longtemps. Je n'avais plus revu Sié depuis que j'avais appris que j'étais la fiancée de son père. J'ai supporté avec beaucoup de peine son absence : maux de tête, larmes, angoisses... Mais ces maux sont passagers. J'ai fini par me rendre compte qu'il fallait refaire ma vie, telle que souhaitée par mes parents et ma société. J'avais du beau monde autour de moi qui m'aidait à oublier, me câlinait, m'offrait des présents, parce que bientôt je lui donnerai ce qu'il attendait de moi : un beau jour de noces, parce qu'*une femme mariée qui souffre vaut mieux qu'une célibataire.*

La nouvelle de mon mariage avec Sami arriva à mon amie Obi. Elle vint me trouver.

— Ne désespère pas, me dit-elle, la vieillesse ne torture pas l'amour. Les vieux s'occupent mieux des jeunes épouses que les garçons.

Je compris qu'elle avait appris la nouvelle par ma mère qui l'avait envoyée me consoler. Elle et papa croyaient que l'âge de Sami était la raison qui m'attristait.

Je dis à Obi :

— Je ne désespère pas parce que Sami est un vieil homme. Je sais qu'un vieil homme peut donner autant d'amour qu'un jeune. Je suis désespérée parce mon cœur est ailleurs, mes espoirs sont brisés.

Obi sursauta et me demanda :

— Tu penses encore à Madi ?

— Non.

— Alors, quel est donc le beau garçon qui occupe tes pensées à tout moment ?

Je gardai le silence parce qu'elle était du côté de ma mère, prête à reproduire le modèle imposé par notre village, prête comme les autres femmes à accepter que l'on forge à leur place leur destin de femme. Je refusais d'être ce genre de femme même si je ne disais rien et que je ne faisais rien pour le montrer.

Obi me contempla d'un œil humide d'attendrissement. Nous échangeâmes des sourires. Nos yeux se remplirent de larmes. Malgré notre divergence, je la sentais proche de moi.

Mes angoisses se dissipèrent à l'approche des noces, quand tout le monde besogna, s'activa pour donner de l'allégresse à cet événement. Je finis par me convaincre que mes parents avaient vu avant moi la lumière du jour. Ils avaient fait mon éducation. Ils avaient sur moi tous les droits et je ne devais pas refuser ce qu'ils avaient décidé pour moi. Je m'étais convaincue que les dieux ne laissent jamais d'eau dans du lait ; ils tranchent tout litige. Mon *Être de soumission* avait gagné. Cette nuit-là, ces pensées me revenaient sans cesse :

Je ne veux plus le voir,
Je ne veux pas violer
l'amour interdit,
et être punie par les dieux.

Ma mère préparait mon mariage avec beaucoup de soin. Elle m'amena à la boutique de Sidiki, le commerçant du village, elle m'acheta une camisole à fleurs, des sandales de toile rouge sur de hautes semelles de bois et des bijoux. Ensuite, elle m'accompagna chez la coiffeuse réputée du village pour me faire belle.

Ma tante Abina, de son côté, s'activait comme une folle. Malgré son âge avancé, elle était debout devant les énormes marmites dans lesquelles bouillait la pâte de mil pour la bière.

Mes frères Bindi et Dièmi aidaient la famille de Sami à installer le hangar destiné à abriter les convives de marque. Les cousins, proches et lointains, allaient et venaient, les uns avec de la volaille, des céréales, les autres avec des bandes de cotonnade, des ustensiles de cuisine ; c'était un mouvement de solidarité pour commémorer l'événement. Je souriais à tous pour montrer ma reconnaissance pour remercier les hommes et les femmes qui voulaient me rendre heureuse. Je ne saurais dire combien de fois je leur ai souri parce qu'on l'exigeait de moi. C'était la seule manière de prouver la droiture de mon éducation, même si je ne portais pas ce mariage dans mon cœur. Mon *Être de révolte* m'interpellait, mais mon *Être de soumission* avait gagné. Il me regardait avec joie me taire et me confondre en des rires, des sourires, des remerciements pour rendre mes congénères heureux.

En fait, l'occasion s'offrait pour moi de sortir de la monotonie coutumière, pour oublier un peu la télé de l'instituteur Moribo, parce que je m'étais soumise pour que la fête soit belle, pour que les gens mangent et boivent à satiété, parce que le rêve de mes parents était réalisé : la consécration des noces de leur fille, celle-là qui faisait leur honneur. Personne ne me demandait mon avis. Je pensais à Sié. J'étais certaine qu'il pensait aussi à moi, qu'il m'en voulait. Je lui en voulais aussi de n'avoir rien dit, de n'avoir pas réagi vivement, en homme, quand il avait su que son père voulait m'épouser. Je lui pardonnais parce que je savais que nos destins se ressemblaient. Il avait Amoui dans sa vie et tout était décidé sans lui pour lui. Il l'acceptait, comme moi j'acceptais que l'on fasse de moi ce que l'on voulait. C'était la vie qui avait voulu que nos destins se ressemblent, se croisent. C'était la vie qui avait voulu que nous nous rencontrions. C'était elle aussi qui avait décidé de nous séparer de cette façon… malheureuse. Mon *Être de révolte* était faible, je ne pouvais pas forger mon destin avec efficacité pour rompre avec les souffrances que les miens m'imposaient sans le savoir.

Les dieux du village étaient aussi favorables à notre mariage. Ils avaient cité les sacrifices nécessaires pour conjurer les éventuels mauvais esprits et dangers qui pourraient anéantir ma vie conjugale. Ils avaient dit que j'étais une femme qui apporterait beaucoup de bonheur à son mari. Ils avaient tout vu, sauf mes souffrances intérieures. Je les remerciais parce qu'ils n'avaient pas dévoilé aux miens la présence de Sié dans ma vie. Ce que je ne comprenais pas, et qu'il m'était difficile de tolérer, était de n'avoir pas dit que ce mariage était injuste. Ils ne rendent pas justice aux êtres faibles que nous sommes. Qu'ils m'entendent ! Combien de malheureux, de parias, d'enfants sont abandonnés à leur turpitude ! Combien d'hommes et de femmes peinent sous le joug d'autres qui vivent dans l'abondance et qui imposent leur volonté ! Combien de … je ne sais pas, je ne comprends pas…

Homme de plume, ne regarde pas les larmes qui coulent de mes yeux. Ce n'est qu'un bref instant de faiblesse qui gagne parfois chacun de nous et puis la vie reprend. Je ne veux pas m'égarer dans la jungle de la vie. Ce qui importe est mon histoire.

— Je te disais… Les dieux avaient choisi le moment opportun pour la célébration des noces. C'était au mois de septembre, les récoltes n'étaient plus loin. Les pieds de maïs portaient leurs enfants à la barbe rouge, crépus. Inclinés vers le sol par le poids d'épais épis, les tiges de mil ressemblaient à une foule de gens rassemblés avec la tête basse. Les céréales mûrissaient.

La veille de la cérémonie nuptiale, ma mère me parla de ma vie de femme avec un homme, de façon voilée, voire mystérieuse. Par exemple, elle me disait :

— Il ne faut jamais refuser à ton mari qui te demande ça.

— Qui me demande quoi ?

Elle soupira et reprit sa leçon combien délicate et difficile avec une fille qui posait beaucoup de questions. Pourtant, elle m'avait enseigné : *Un enfant bien éduqué ne pose pas de questions*. Il lui fallait procéder autrement avec une fille comme moi.

— Donne ta *chose cachée* à ton mari quand il te la demande. Ne lui refuse jamais cela, essaya-t-elle de m'expliquer.

Mais que voulait dire : « cette chose cachée ? » Je n'osais pas le lui demander. Je le devinais.

Elle voulait être conforme à la pudeur exigée. Ceux qui aiment aujourd'hui parler de moralité l'acclameront parce qu'ils préfèrent que les choses qui concernent la vie sexuelle soient intériorisées, parce qu'ils aiment faire les choses de la sexualité dans l'obscurité, parce que dans leur vie, ils aiment tout ce qui est obscur.

Ma leçon avec ma mère a été longue avant que nous nous comprenions. Nous aurions pu économiser du temps, mais il fallait respecter les bonnes manières. Homme de plume, notre Fakir est jusque-là silencieux ?

Fakir dit aussitôt d'une voix forte :

— Le premier thé est prêt.

Un sourire errait sur les lèvres de Yeli. Elle le félicita. Il se pressa de nous servir, dans de petits verres, le liquide verdâtre parfumé de feuilles de menthe. Nous le sirotâmes en silence en appréciant sa saveur délicieuse. Fakir était heureux.

Un moment après, Yeli était prête à poursuivre son histoire.

7

— Homme de plume, la matinée du jour J, Sami et les anciens du village immolèrent un mouton et une poule pour les ancêtres et pour les dieux. Puis, dans l'après-midi, les hommes arrivèrent, par petits groupes, des maisons et des hameaux voisins pour fêter l'événement. Assis sous des hangars faits de paille, ils échangeaient des informations sur ma vie. Ils parlaient de ma conduite exemplaire dans le village, de la probité de mon père, de ma mère et de ma descendance.

Avant de m'emmener chez Sami, je me souviens que ma mère, après m'avoir fait sortir de la maison, me serra dans ses bras, longuement, en silence. Je sentais ses larmes sur mon cou. Elles étaient chaudes.

Maman savait que je devais quitter un jour la maison paternelle pour vivre avec un homme. C'était d'ailleurs son rêve, le rêve de beaucoup de mères, mais elle pleurait. Je pleurais aussi. Le moment était venu de justifier les espoirs placés en moi.

Les femmes et les jeunes filles arrivaient de tous les coins du village, les unes avec des cheveux coupés ras sur le crâne ou nattés par des doigts experts, les autres avec des foulards de soie ou de coton sur la tête. Leurs yeux pétillaient d'allégresse et de la beauté des paysannes de notre terroir. Je puis te dire qu'elles étaient belles malgré la vie rustique et les travaux champêtres qui les soumettaient aux dures épreuves de la vie campagnarde. Certaines servaient la bière de mil aux convives, d'autres me prodiguaient des conseils et des encouragements. Il y en a qui vantaient mes mérites. Elles disaient que j'étais belle, courageuse, généreuse. Elles me souhaitaient beaucoup d'enfants et la soumission à mon époux. Elles m'enfermaient dans la grotte masculine avec un sourire rassurant. J'étais d'ailleurs, depuis ma naissance, derrière la montagne qui m'empêchait de rivaliser avec les hommes, de parler à mon époux comme un homme, de le regarder en face. J'étais de la race des femmes, des créatures mutilées qui doivent vivre avec leur mutilation, sans se rebiffer.

Des gens parlaient. Les mots fusaient de partout, et moi, je me taisais. J'étais dans le silence de mon éducation, dans la solitude, avec la satisfaction de mon *Être de soumission*. Je me plaignais à lui qui me parlait du dedans, lui qui voulait que je ressemble aux autres, que je me soumette à la règle, même à celle qui me faisait souffrir. Il me souriait, comme si ma souffrance le récréait. Cette vérité, je ne devais pas la dire et je ne pouvais pas la dire.

J'étais parfaite pour tous les invités. Je sombrais dans le corps et l'esprit des autres et mon *Être de soumission* me félicitait !

Le village s'animait dans l'esprit des traditions anciennes, sous un ciel qu'un soleil rouge sang brunissait à l'horizon, avant de rejoindre son lit, derrière la montagne. Tous les habitants étaient contents ; ils participaient à la fête pour respecter le principe de solidarité qui faisait la vie du village. Ils étaient contents et lançaient, par moments, des acclamations ponctuées de cris de joie.

Puis le chef, Sampia, arriva, habillé d'un ensemble confectionné avec du tissu en bandes de cotonnade. Pour toutes chaussures, il portait une paire de souliers noirs *Bata*, présent d'un de ses fils qui travaillait à l'inspection des impôts, pour commémorer ses soixante ans. Le visage éclairé d'un bienveillant sourire, il prit la parole après avoir réclamé le silence :

— Je souhaite, Sami, que ton grenier ne soit jamais vide, que la jeune mariée fasse ton bonheur, qu'elle soit heureuse dans ta maison et que les ancêtres soient toujours avec vous.

J'entends encore mes frères de Loto, je vois leurs visages délurés, des visages humains, heureux de remplir une noble mission qui leur est confiée par la tradition. Je revois clairement, leur joie de me rendre heureuse, sans savoir qu'ils me faisaient mal.

La fête battait son plein. Sami avait enfilé la tenue des grands jours : un pantalon à carreaux, une chemise rose et des souliers noirs. Sur la tête, un bonnet blanc à broderie dorée, acheté dans la boutique de Sidiki, le commerçant du village. Il riait et savourait d'avance son bonheur. On pouvait lire dans son regard ces notes de satisfaction : « Oui, ma fille a un époux digne de sa descendance. »

De temps en temps, il murmurait quelques mots à l'oreille de l'ancien combattant, Boudo, qui l'écoutait en haussant sa tête qui semblait nue sans son habituel chapeau. Sur le devant, on apercevait sa calvitie humectée d'une légère sueur qui glissait lentement vers son nez.

Les paroles de Sampia avaient remué tout le monde. Pendant ce temps, un vieil homme, de taille moyenne, courbé, l'air patriarcal, au visage grêle, passait son temps à mâcher sa barbe blanche. À sa droite, une femme qui frisait la cinquantaine lui tenait compagnie en fumant une pipe. Par moments, elle remuait une queue de vache qu'elle tenait dans la main droite pour chasser les mouches capricieuses qui venaient se poser sur son visage insolite aux paupières blanchies de kaolin. De lourds bracelets pendaient à ses poignets et ses orteils étaient lourdement parés de bagues multico-lores. Ces deux personnages étaient célèbres dans le village. Le vieil homme avait, disait-on, la faculté de converser avec les âmes mor-tes pour élucider les raisons de leur départ dans l'au-delà. Qu'en disait-il pour les vivants comme moi qui avaient besoin d'être compris ?

La vieille femme, elle, possédait des féti-ches d'une puissance extraordinaire. Comment n'avait-elle pas perçu mes souffrances ?

Pendant que la fête battait son plein, arriva sur une bicyclette un homme au cou épais. Il conduisait d'une main sa bicyclette, tenant dans l'autre un poste de radio qui faisait vibrer l'air d'une mélodie en vogue. Les vieux le dévi-sagèrent. Il arrêta sa course, descendit de sa bicyclette, éteignit son poste récepteur. Son pantalon à revers flottait sur ses souliers cirés à l'huile de karité. Il rejoignit les jeunes de son âge et se donna à l'ambiance de la fête. La foule réunie mugissait.

L'écho du mariage était aussi parvenu à Sidiki. Il arriva, drapé d'un somptueux bou-bou de basin bleu d'où émanait l'odeur d'un parfum capiteux, et chaussé d'une paire de babouches blanches. Le visage luisant, il offrit à Sami trois paquets de sucre, quatre gros mor-ceaux de savon, du sel et des bonbons qu'il retira d'un sac porté par son fils. Il lui parlait à l'oreille. Je n'entendais pas ce qu'ils se disaient, mais je devinais la litanie coutumière : « Que Dieu bénisse votre union, qu'il vous donne beaucoup d'enfants. »

Sami serra la main de Sidiki et, avec amabilité, considéra son sourire en coin soutenu par des yeux étincelants d'une flamme de bonheur. Sidiki était satisfait. Il salua le chef Sampia et les autres vieux du village en s'inclinant et en portant la main droite à la poitrine. Puis, il s'assit dans un fauteuil en toile et leva le regard vers les jeunes qui dansaient au son cadencé des tamtams. Son regard me convia à la danse.

La grande force des jeunes garçons se décelait par la force magistrale qui s'exprime dans la danse, le rythme. À leur tête, il y avait Sié que j'admirais. Sa fiancée Amoui l'admirait aussi. Une subite jalousie s'empara de moi. Pourtant, mon histoire d'amour avec lui était finie. Mon *Être de soumission* m'avait convaincue. Mais mon *Être de révolte* me surprenait. Le voilà qui ne voulait pas l'admettre. Je lui dis : « Sois sage, tout est fini, une nouvelle vie m'attend. » Il m'entendit et me relâcha, mais pour combien de temps ?

Je regardais les autres danseurs. Sur leur visage ruisselait un torrent de sueur noire qui perlait de temps en temps sur leur poitrine arrondie. De leur bouche ouverte s'échappaient des bruissements pour exprimer la joie intérieure qu'ils ressentaient. Parfois, ils s'arrêtaient pour lancer un fou rire radieux et se saisir de leur flûte suspendue à une cordelette en cuir attachée autour des reins. Puis, ils soufflaient des notes sensuelles qui amusaient toute l'assistance. Des enfants, vêtus de neuf, les ovationnaient par des applaudissements et des cris de gaieté. Tandis que le visage enflammé par l'alcool, les hommes contemplaient les gracieuses jeunes filles aux seins arrondis qui se trémoussaient au rythme de la musique.

Mon amie Obi riait, dansait sans relâche parce que c'était ma fête, la fête de son amie d'excision. Elle me lançait des sourires gracieux et des encouragements. Je souriais parce que je devais sourire pour faire plaisir, parce qu'il n'y avait pas d'autres manières de remercier en pareille occasion.

Puis, je vis Sami regarder du côté des femmes en colliers de verroterie. Il me cherchait, moi, son bel ange étincelant dans sa camisole aux couleurs vives, avec mes sandales de toile rouge, sur de hautes semelles de bois. Mes tresses noires me tombaient sur les épaules et mes cils étaient bien tracés à l'antimoine. Il me retrouva et me fixa. Je baissai la tête. Un moment après, je la relevai et vis qu'il conversait avec mon père.

Ini, la première femme de Sami, était heureuse bien qu'elle sût qu'elle ne serait pas cette nuit-là dans le lit de son époux. Elle acceptait ce mariage, comme moi, parce que c'était décidé, que nous devions vivre ensemble. Elle l'acceptait parce qu'elle avait été éduquée comme moi, comme ma mère, ma grand-mère... Nous devions reproduire le modèle de la femme soumise. Elle montra ses aptitudes de bonne ménagère en s'appliquant à la cuisine. Ainsi montaient dans l'air l'odeur appétissante des beignets et des galettes de haricots, cuits à l'huile de karité, le fumet de la biche tuée par le chef de maison pour prouver ses talents de chasseur réputé, les rôtis de cochon et de mouton, les arômes des différentes sauces. Les convives mangèrent jusqu'aux dernières heures du jour, quand l'air commença à se rafraîchir.

Le soir tombait sur le village. Les chauves-souris lançaient leurs cris stridents pour nous saluer. Puis apparut sur la voûte du ciel la première étoile scintillante pour donner les félicitations des astres.

Les oncles et les tantes, les cousins et les neveux, les amis commencèrent à quitter la maison de Sami après s'être gavés de bière de mil et avoir formulé des bénédictions pour que le bonheur m'accompagne toujours, des louanges à l'adresse du courage et de l'honnêteté de Sami, des compliments sur ma beauté et les hauts faits de mes parents, des remerciements à Ini pour sa cuisine et son hospitalité. Aucun d'eux n'oublia de faire des provisions avant de prendre congé, en se dandinant, chantant ou bavardant.

Peu à peu, je n'entendis plus les rires, je ne vis plus les regards de fête, je pensais à la nuit qui me jetterait dans les bras du père de l'homme que j'aimais, oui dans ses bras ! Ah ! ce n'est pas facile, homme de plume, non, bon Dieu, pas facile. Mon cœur battait… battait.

Les ténèbres de la nuit engloutirent Loto. Le croissant de lune apparut dans le ciel au milieu de milliers d'étoiles. Le temps des ripailles était terminé. Deux vieilles femmes me conduisirent solennellement dans ma chambre. Elle jouxtait la cuisine et son intérieur était badigeonné de bouse de vache mêlée de terre et de débris d'herbes séchées. Sur les murs et le sol, on voyait des dessins d'hommes et de femmes, faits de cauris[1]. Un trou à la dimension d'un ballon de foot servait de fenêtre. Dans cet intérieur propre et tranquille, un lit en maçonnerie avec un matelas de paille, recouvert d'un drap neuf acheté dans la boutique de Sidiki, attendait impatiemment la consécration de notre amour.

Assis au bord du lit, Sami m'attendait, avec le sourire qui vient aux lèvres de ceux qui, après avoir réalisé de grandes œuvres, réclament d'être ovationnés et encensés.

---

1. Coquillages.

J'étais triste. Pour me consoler, je répétais cette phrase dans mon for intérieur :

— Ils ont fait mon éducation, m'ont nourrie, comment pourrais-je leur désobéir ?

Sami me disait son amour :

— Tu es ma belle femme. Tu auras dans cette maison tout pour t'épanouir pleinement.

Je demeurais muette et je regardais du côté de la fenêtre qui laissait pénétrer, par moments, une gracieuse bouffée d'air frais offerte par la nuit.

— Je t'ai attendue longtemps et enfin tu es dans ma maison, poursuivit Sami en glissant ses mains sous ma robe.

Il commença à me déshabiller en me disant qu'il ne me ferait aucun mal. Je me contractai, détournai la tête de côté et me murai dans mes angoisses. D'un mouvement brusque, il retira ma robe et la jeta au bas du lit. Puis ce fut le tour de mon caleçon. J'étais nue comme le premier jour de ma naissance, dans les bras d'un homme et non d'une mère. Je couvris mon sexe à l'aide d'une main et mes seins de l'autre et je demeurai immobile.

La voix inflexible de mon *Être de soumission* me soufflait :

« N'oublie pas ce que ta mère t'a dit. »

Je me souvins d'un autre conseil : « *Donne ta chose cachée à ton mari quand il te la demande. Ne lui refuse jamais cela.* »

Je relâchai mes muscles, retirai mes mains de mes seins et de mon sexe. Sami se déshabilla et colla sur mon corps sa poitrine aux poils blancs, crépus, qui me firent frissonner. J'acceptais ses doigts qui fouillaient déjà dans le buisson noir logé entre mes cuisses. Je vis ce qui était l'objet de maintes causeries de femmes : son *nerf précieux*. Je ne devais pas le regarder ni le toucher, m'avait prévenue ma mère. Je violai la règle en le lorgnant discrètement, parce que ma connaissance avec cette *chose* de l'homme n'excédait pas les regards furtifs glissés sous la culotte des jeunes garçons qui labouraient les champs ou pendant les toilettes des tout-petits. D'ailleurs, je devais fermer les yeux tel que l'on me l'imposait en faisant l'amour. Ces interdits vont augmenter ma curiosité, ma soif de connaissances et contribuer à la rupture avec la conduite imposée. Je lorgnai le *nerf précieux* de Sami, et mon *Être de révolte* félicita mon audace. Il m'encouragea à aller plus loin, à le toucher, mais je m'arrêtai là. C'était un progrès dans ma quête de connaissances, de liberté.

Mon cœur battait… battait… Sami frôla mes seins et introduisit son médium entre mes jambes. Je voulais le repousser, mais il était déjà sur moi et s'engouffrait. Je ressentis une douleur qui me rappela la vieille Sambèna qui m'avait enlevé le *ver* de mon *derrière*, qui m'avait laissée le reste de ma vie avec un morceau de clitoris. Je n'eus pas le temps de crier. D'ailleurs, je ne devais pas crier, avait dit ma mère. « Tu es une fille forte, d'une famille forte. Tu dois être à la hauteur de ce qui t'attend. »

Oui, je préservais l'honneur, au prix de la douleur, de ma douleur. Les va-et-vient frénétiques de Sami brûlaient mon bas ventre. Un temps court qui me parut être une éternité. Je le ressens encore… Oh ! que ça me faisait mal. Puis, je l'entendis gémir. Une sorte de cri se mêla à son souffle. Il me serra fortement en demeurant immobile. Il perdit sa force pour devenir comme un enfant qu'une mère cajole. Il était accroché à moi, comme le nourrisson à sa mère. Je me pris pour lui d'une grande pitié. Je le caressai comme mon dernier petit frère que ma mère câline avant le sommeil. Il était un enfant qui demandait mon cœur de femme. Je vois, homme de plume, que tu ne comprends pas mon comportement. Comment puis-je câliner un homme que je n'aimais pas ? C'est la question… mais comprends-moi, c'est mon cœur de femme et de mère qui le recommandait.

Nous demeurâmes silencieux, puis il roula sur le côté et tendit la main pour éteindre la lampe tempête posée sur un vieux bahut. Il soupira. Le rêve était réalisé. Je ne tardai pas à entendre son grognement régulier.

Enfin, tout le monde était heureux, parce que j'avais été à la hauteur de l'honneur attendu, parce que j'avais fait tout ce que m'avaient conseillé mes parents. J'avais réalisé leurs rêves.

Loin de tous, seule, je pleurai en silence dans l'obscurité.

Cette nuit ne me donna pas vite le sommeil. Elle me causa plus de peine que d'habitude et me restera mémorable toute la vie. Elle me revient assez souvent. Je te dis qu'elle a laissé en moi une marque profonde, au point qu'il m'arrive souvent de me demander si Dieu existe. Il n'a pas été clément avec moi en me jetant dans les bras de Sami pour découvrir l'univers de la sexualité. Qu'il m'entende ! Je lui dis mon mécontentement... Je le supplie d'être plus clément avec moi et avec ceux de ce monde qui demandent son aide. J'espère encore, parce que l'espoir est tout ce qui nous reste quand nous avons tout perdu.

Homme de plume, cette nuit-là a été agitée. Mon rêve juvénile ne me revint plus. Quand j'étais enfant, je rêvais souvent que je volais comme un ange pour échapper aux serres d'un esprit maléfique. Depuis cette nuit-là, ce sont les visages fades de Sié et de son père qui apparaissaient dans mes rêves.

Maintenant, tu sais tout sur mon premier amour. Une nouvelle vie commençait pour moi.

Quand je pense à ces moments-là, je pleure. Ce n'est pas facile. Je vois… tes yeux sont aussi humides de larmes.

Je lui dis :

— Elles viennent sans notre volonté.

Et elle me répondit :

— Je ne veux pas que tu sois triste pour moi. C'est le passé qui me fait pleurer, mais vois-tu, aujourd'hui je suis une autre. Écoute la suite de mon histoire.

8

— Homme de plume, le lendemain matin de ma nuit de noces, je me réveillai avec les cuisses tachées de sang. C'était le sang de l'honneur, mon *troisième sang de femme*. Je ne l'avais pas remarqué dans la nuit. J'avais perdu mon pucelage. Je me plaignis de nouveau à Dieu, parce qu'il me semblait que la vie pour moi n'était qu'une frustration quotidienne.

Je voulais pleurer, mais mon *Être de soumission* me rappela les conseils de ma mère :

« Toutes les femmes doivent passer par cette étape, fais-nous honneur, sois forte. »

J'acceptai la soumission au nom de l'honneur. Je sortis de ma chambre et rencontrai Sié. Je lui dis :

— Bonjour.

Il me répondit timidement en gardant la tête basse. Ini me donna de l'eau tiède pour me baigner. Elle me traita avec une affection particulière, une affection de mère, oui de mère. Je la prenais pour une mère parce qu'elle avait l'âge de ma mère. Mais nous devions partager le même homme ! C'était la décision de mes parents, de mes ancêtres, de mes dieux. Pourtant un sourire errait sur ses lèvres pour me dire : « Tu sais ce qu'un homme veut maintenant. » En tout cas, c'est ce que je lisais dans ce sourire. Homme de plume, c'était le début du commencement d'une histoire de noces.

Durant quatre jours, j'étais chaque nuit dans les bras de Sami, pour respecter l'usage qui veut que ça s'appelle ailleurs comment ?

— Des nuits de noces, lui ai-je dis.

— Oui, des nuits de noces, homme de plume, parce que nous n'avons pas inventé mieux que de nous soumettre à ce type de rituel pour prouver notre amour. Ah ! Quelle vie de principes auxquels il faut toujours se conformer !

Toujours couchés comme le demandait la tradition de mes parents, qui veut que je sois dessous et lui dessus, il allait et venait dans mes entrailles, accélérait ou ralentissait, sans me regarder... jusqu'à la libération de sa semence blanche. Il devait être sur moi, mais jamais moi sur lui, parce qu'il était un homme et moi, une femme. « *Un homme digne de ce nom ne doit pas être sous une femme.* »

En faisant l'amour, je devais toujours respecter mes règles de femme soumise : fermer les yeux et surtout ne pas regarder le nerf précieux ni le toucher. Par contre, mon sexe était

sa chose logée sur mon corps qui lui apparte-
nait aussi. Il le prenait quand il le voulait et
comme il le voulait. Il le prenait contre ma volonté parce qu'il était convaincu que je lui appar-
tenais et toute chose en moi aussi. Je n'avais
pas le droit de refuser de coucher avec lui. Je
ne devais pas refuser… ma mère me l'avait dit,
sauf si mon deuxième sang avait coulé, parce
que les hommes ont peur de ce sang qui les
affaiblit. Mais je pouvais refuser de me coucher
avec mon mari en cas de maladie aussi.

Tu sais, homme de plume, avec ce mariage,
j'ai été privée, sept jours durant, de la télé, parce
que c'était un mal qu'une jeune épouse quitte
le domicile de son mari pour aller voir la télé
chez un autre homme. Obi ne me rendait plus
visite parce que j'étais une femme mariée, et
*une femme mariée digne de ce nom ne fréquente
pas des femmes célibataires.* J'attendais le mariage
de Obi et de Naba avec impatience pour sortir de ma solitude.

Sami, lui, était heureux. Dans sa silhouette,
je voyais chaque jour le triomphe d'un homme
après une bataille. Et il n'y avait pas que lui
qui savourait la victoire. Une semaine durant,
les habitants du village s'invitaient pour boire
et manger du gibier, faire des louanges et des
bénédictions à Sami, des offrandes aux dieux.
Ils oublièrent momentanément les champs. Le
mil était presque mûr et ils avaient moins à

s'inquiéter. Pendant ce temps, j'étais triste. Je feignis d'être malade pour ne pas recevoir Sami dans mon lit. Un sentiment de culpabilité m'accablait. Sié était présent dans mon esprit et je l'entendais me balbutier :

— Pourquoi m'as-tu abandonné ?

Et je répondais :

— Je ne suis pas coupable de notre séparation.

Sié évitait de me regarder dans les yeux. La savane devint pour lui le sanctuaire du recueillement. La rencontre avec la nature l'éloignait de moi, du bonheur de son père, chanté souvent par des sifflements et des chansonnettes du terroir. Parfois il restait dans son lit, enveloppé dans ses couvertures comme s'il y trouvait un réconfort au désespoir qui l'avait gagné. Notre complicité amoureuse mourait. Nous ne nous saluions plus. Lorsque la famille se réunissait pour prendre les repas, il trouvait une excuse pour s'écarter de tous.

Ini avait remarqué les angoisses de son fils. Elle en avertit Sami, une nuit, alors que nous étions assises à ses côtés. Ce dernier interpréta cette humeur à sa façon :

— Ça doit être la question d'Amoui qui le préoccupe. Il faut qu'il se décide vite parce qu'elle l'attend.

— Il n'a jamais été un garçon si triste ! remarqua la mère.

— Laisse-le. Depuis son retour de la ville, il a cette humeur. Ses noces avec Amoui vont changer quelque chose dans sa vie, conclut Sami.

Pendant qu'ils se faisaient ces confidences, Sié vivait toujours avec des souvenirs de notre vie amoureuse. Je le devinais parce que je le surprenais souvent à me regarder avec des yeux langoureux. Il se donna à ce jeu et fut même tenté d'aller me contempler dans mon lit quand je dormais.

À la faveur d'une nuit, alors que la nature entière se reposait, il entra à pas de chat dans ma chambre. Il savait que sa mère et son père dormaient d'un sommeil bon enfant. Il s'agenouilla auprès de moi, glissa sa main sous mon pagne et effleura l'intérieur de mes jambes. Je retirai sa main et lui dis :

— Non, Sié, je te comprends… Je suis maintenant à ton père.

— Pourquoi m'as-tu trahi ? demanda-t-il.

— Je ne t'ai pas trahi, lui répondis-je. C'est une longue histoire difficile à expliquer.

— Pourquoi as-tu accepté d'épouser mon père ?

— Tu le dis comme si j'avais pu le refuser !

— Tu aurais dû m'en avertir !

— Même si je te l'avais dit, qu'aurais-tu pu faire ? Les dieux ont décidé de nous séparer de cette manière.

— Non, ne dis pas ça, non…

Il prit ma main et nos doigts se caressè-
rent dans le silence. J'aperçus dans son regard
une lueur qui donnait la conviction qu'il m'aimait. Mais, hasard ou avertissement des dieux,
le toussotement sec de Sami couvrit l'espace
de la maison. Il sursauta, demeura immobile
un moment, puis il tourna le dos et regagna
son lit sur la pointe des pieds.

Après son départ, je voulais l'oublier, mais
il était toujours là. Il me questionnait, me rap-
pelait les plus beaux moments de notre vie.
Toute la nuit, mes pensées allèrent vers lui.
Mon *Être de révolte* me disait :

« *Il t'aime. Qu'attends-tu pour te décider à t'enfuir avec lui ?* »

Mon *Être de soumission* répliquait au même
moment :

« *N'écoute surtout pas cet insolent. Respecte
l'honneur de tes parents.* »

Je ne savais plus quoi faire. Depuis cette
première visite nocturne de Sié, je pensais souvent à lui, même quand je faisais l'amour avec
son père.

Les jours où son père dormait avec sa mère,
il abandonnait sa chambre pour venir me trouver. J'attendais toujours ses visites nocturnes.
Lorsque nous nous rencontrions, nous nous

admirions, dans le silence qui dit plus que la parole. La nuit acceptait cette complicité, mais elle ne nous donnait pas l'occasion de sentir la chaleur de nos corps.

Oui, la nuit était notre complice, mais elle ne nous permettait pas d'échanger la chaleur intense qui gonflait nos cœurs. Ces rencontres faisaient désormais partie de notre existence. Nous avons fait ce jeu quatre ou cinq fois. Puis nous étions désespérés parce que nous aurions aimé nous exprimer autrement, mais dans la vie, il y a un temps pour toute chose. Et il faut apprendre à être patient, à espérer, à persévérer pour voir venir des jours meilleurs. Avant de voir ces jours meilleurs, homme de plume, prenons le thé.

Fakir nous servit le deuxième thé que nous sirotâmes à cœur joie. Après quoi, il demanda à Yeli :

— Faut-il faire le troisième thé ?

Un sourire aimable se glissa sur son visage et elle dit :

— Merci.

Fakir ramassa ses affaires, heureux de recevoir des remerciements et des félicitations de notre part.

Avant de s'en aller, Yeli lui demanda :

— Dis à Louise de nous servir à manger si le repas est prêt.

— Oui Tanti.

— Alors, nous revenons à notre histoire qui est loin de connaître sa fin, remarqua-t-elle.

Je lui dis :

— Je suis impatient de découvrir sa fin, mais l'impatience me ferait perdre sa saveur. Je me remets donc à ton temps.

9

Le mois d'octobre arriva. Les récoltes n'étaient plus loin. Les rhumatismes de Sami débutèrent. Il garda le lit. Ini resta à son chevet. Je veillais avec Sié aux travaux champêtres. Chaque jour, nous nous rendions au grand champ situé à quelques kilomètres du village. Le travail nous permit de nous retrouver, de nous toucher et de communiquer nos émotions en toute quiétude.

Un soir, au coucher du soleil, Sié arrêta de labourer le champ se redressa et posa le regard sur mes seins. Ses yeux me déshabillaient, j'étais troublée. Une folle tentation m'attirait vers lui. Je crois que, ce soir-là, il eut la conviction qu'aucune force ne pouvait l'arrêter de me donner toute sa mesure. Il s'approcha de moi et fit d'une voix calme : « Yeli… ». Puis, soudain, il fut incapable de prononcer un seul mot. Sa respiration s'accélérait. Il me désirait de son élan de jeune mâle, souverain. Je le sentais. Je le voulais aussi.

Mon *Être de révolte* me disait :

« Voici venu le moment de refuser ce qu'on a fait et veut faire de toi. »

Mon *Être de soumission* objectait :

« Sacrilège. Tu seras punie si… »

— Oh ! suffit comme ça, dis-je à mon *Être de soumission*. Tu m'as suffisamment torturée. Je ne veux plus t'écouter.

Ainsi je voulais rompre avec la tradition, avec celle que je fus, avec ma famille, mes parents. Je voulais être moi-même. J'étais en pleine mutation. J'allais à la rencontre de mon destin.

Sié me dit :

— Tu es toute ma raison de vivre. Quand je pense que tu appartiens à mon père, je souffre.

— Surtout, ne dis plus rien. Ne dis pas les choses qui me font mal à entendre.

— Tu te souviens de notre buisson ? demanda-t-il.

Une joie silencieuse se glissa en moi. Il se mit à caresser ma main, doucement.

Je voulais parler, mais l'émotion me clouait les lèvres. Nos chaudes haleines se mêlaient. Tout ce que nous éprouvions l'un pour l'autre fut échangé dans nos regards pleins d'amour. Tout ce que nous voulions nous dire se traduisit par des gestes. Nous oubliâmes que nous étions en brousse, dans le champ, où il ne fallait pas s'aimer. Cette coutume vola en éclats sous la pression de l'amour qui gonflait nos cœurs, nous aveuglait. Nous oubliâmes que les gens pouvaient nous surprendre et porter la nouvelle au village. L'amour est une chose forte… Il peut, à tout moment, soumettre chacun de nous.

Sié posa ses mains sur mes hanches et m'attira vers lui. Je sentis son sang brûler ma peau ; que c'était bon. Le moment est venu de dire quelque chose qui pourrait choquer tes lecteurs, homme de plume, mais je le dis quand même. Je le dis sans remords, j'étais dans les bras de Sié… le fils de mon mari ! Tu imagines ! Il me faisait ce que la télé m'avait enseigné, nous avait enseigné. Il me faisait ce que son père ne me faisait pas : baisers sur les joues et le corps, caresses des mamelons. Je sentis une chaleur entre mes cuisses qui annonça que j'étais humide. Des gazouillis s'échappèrent de ma gorge. Je balbutiai :

— Prends-moi, fais de moi ce que tu voudras.

Il me serra dans les bras en murmurant :

— Je t'aime, je t'aime.

Je lui répondis :

— Je t'aime, je t'aime aussi. »

Et nos âmes, hier disputées par tant d'émotion, furent satisfaites d'un amour profond. Pour nous n'existaient plus que ces heureux instants qui nous avaient réconciliés. Nous restâmes debout, à savourer la joie qu'il faut vivre dans le silence. Je voulais qu'il bouge vite, qu'il

me caresse entre les jambes, mais quelle len-
teur il avait ! Mais plus il mettait de temps à
me caresser, plus mon envie grandissait. Soudain, il me repoussa, prit sa houe qu'il avait
entre-temps jetée au sol.

— Allons, dit-il, il se fait tard.

Je ne compris pas pourquoi une trêve aussi
précoce à cette rencontre qui nous faisait enfin
revivre. J'étais triste, je me tus et je le suivis.

— Pressons-nous, ajouta-t-il, la nuit va bientôt tomber.

Nous abandonnâmes le champ et nous allâmes, à petits pas, sur le sentier désert, muets.
Autour de nous, le parfum de la savane sereine
emplissait l'air d'une grande suavité. Les verts
de mil et de maïs, qui s'étendaient çà et là sur
les flancs des collines et dans les bas-fonds,
retrouvaient la quiétude après le départ des
perdrix et des perroquets. Les étendues d'herbes vertes au fond des vallées bruissaient au
passage régulier du vent. Un voile sombre couvrait progressivement les galeries forestières
animées du chant d'insectes et de quelques
frous-frous d'ailes d'oiseaux.

Soudain, Sié me prit par le bras. Et, appuyés
l'un contre l'autre, nous disparûmes dans un
bosquet. Ivres d'amour, nous titubions comme
deux ivrognes. Nous nous arrêtâmes au bord
d'une rivière. Les coassements intermittents
des grenouilles logées sous les feuilles des

nénuphars ou dans les hautes herbes des alentours animaient l'air du temps. Par moments, les martins-pêcheurs rasaient la surface de l'eau et s'envolaient, avec au bec un poisson, pour disparaître dans l'épaisse frondaison des feuilles longeant la berge.

Sié me regardait. Je le regardais. Il prit ma main et m'invita à m'asseoir sur les feuilles mortes jonchant le tapis d'herbe coloré çà et là de fleurs sauvages. Il me serra dans ses bras et l'haleine chaude de notre respiration nous enivrait. Nos cœurs battaient fort, en une seule voix qui était le tumulte de notre sang, le sang des amoureux pressés de se prendre dans les bras. Il me caressa les seins. Une chaleur se répandit sur mon corps. Mes poils se hérissèrent, plus que le jour où je m'étais caressée moi-même, après la télé de Moribo, l'instituteur du village. Il me semblait que le monde n'existait plus, qu'il n'y avait que nous deux et ces caresses que je ressentais et qui me faisaient frémir de plaisir. Ça été plus fort que moi, homme de plume. Je violai la règle qui m'interdisait de prendre dans mes mains féminines *le nerf précieux* de l'homme. Oui, je le fis avec Sié, et je ressentis en moi le fruit de notre longue amitié, le fruit qui procure l'extase. Sié hurla. Une chaleur hallucinante descendit sur moi. Un cri me déchira à mon tour pour signifier à toute la nature l'immensité de ma satisfaction.

Ainsi, j'eus mon premier orgasme, mon premier bonheur inoubliable. J'étais excisée, mais malgré tout j'avais atteint l'orgasme. Que c'était bon de découvrir que la vie continue avec l'amour qui réveille notre corps et nous fait trembler de plaisir comme roseau au vent… J'avais perdu une partie de mon clitoris, mais l'amour me faisait voler avec Sié dans la demeure paradisiaque des dieux. Mais cet état de béatitude n'était que passager. L'odeur de la terre nous ranima.

Sié me parla tout bas, contre ma bouche. Il me dit, comme il ne me l'a jamais dit auparavant :

— Je t'aime, Yeli.

Cette voix était faible. Ce n'était pas celle que je connaissais, vivace, sûre. Celle-là était douce, soumise. Je me sentis plus aimée. Je lui parlai moi aussi tout bas. Je lui dis que je l'aimais.

Il me sourit et, de son index, se mit à effleurer mes lèvres. Nous échangeâmes des sourires et nous nous étreignîmes fort. Puis il se détacha de mon corps.

— Viens, me dit-il, en se levant, il est tard. Nos parents doivent s'inquiéter.

À ce moment, ma pensée alla vers Sami et deux grosses larmes coulèrent de mes yeux. Je pleurais, comme les gens qui pleurent après avoir commis une faute grave, comme si les larmes pouvaient consoler, comme si les larmes pouvaient réparer la faute commise. Une pensée me préoccupait : « J'ai fait l'amour en brousse et, de surcroît, avec le fils de mon mari. Que deviendrai-je ? »

J'avais peur bien que les seuls témoins de notre amour n'eussent été que les arbres et les oiseaux du bosquet en quête de gîte pour la nuit. Pourquoi s'inquiéter si mon *Être de révolte* m'avait libérée de mes souffrances ?

Je finis par comprendre que le problème concernait mon *Être de soumission*. Il était si rigoureux avec moi. Il réprimait mon insoumission, mon adultère : « Ah ! Que tu es perverse et affreuse ! Comment as-tu osé faire cela avec le fils de ton mari ? » me répétait-il sans cesse.

Je pleurais parce que la sanction me tombait déjà sur la tête, parce que j'avais couché avec le fils de mon mari. Oh !… Qui pouvait me comprendre ? Seul Sié était avec moi. Il me demanda :

— Pourquoi pleures-tu ?

— Nous avons fait l'amour en brousse… J'ai violé l'amour interdit.

— Ne pleure pas. Notre rencontre est un secret.

— Oui, mais la tradition exige, en pareille occasion, la confession au mari pour ne pas aller au trépas. Comment le faire ?

— Tant que je vivrai, me dit Sié, cela ne se passera pas. Nous partirons loin du village.

Ces propos m'apportèrent un peu de réconfort. Je posai ma tête sur sa poitrine et demeurai tranquille. Je revis cet état de paix. Je me souviendrai toute ma vie de cette soirée. Elle avait été magnifique, elle m'avait donné mon premier orgasme avec l'homme de ma vie... même s'il était le fils de mon mari. J'avais retrouvé une sensation oubliée, je m'étais réconciliée avec mon corps, avec moi-même.

Une humidité odorante tombait sur la nature. Les arbres noircissaient et fondaient dans l'ombre du crépuscule. Nous sortîmes de notre cachette. Je marchais derrière lui et nous pressions le pas vers le village. Le temps continuait sa marche vers l'avenir qui contera la suite de notre aventure amoureuse si, homme de plume, tu as encore la patience d'écouter mon histoire, l'histoire de la vieille femme que je suis.

À la maison, nous fûmes accueillis par le chien qui connaissait nos pas. En entrant dans la concession, Sié prit un air triste tandis que je me sentis prête à pleurer. Je forçai un sourire pour répondre à l'accueil chaleureux de la maison. Sami exulta de joie et remercia les ancêtres. Ini nous apporta à boire.

Après nous être rafraîchis, nous fîmes notre toilette pour enlever la terre pâteuse collée à nos pieds. Les ténèbres étaient là pour annoncer la nuit. Elles nous offrirent la quiétude. Nous étions comblés d'amour, d'un amour qui grandirait chaque jour au lever du soleil et se raffermirait à son déclin. Nous nous endormîmes d'un sommeil merveilleux, apanage des heureux qui voient leur vie couronnée de bonheur. Nous avions franchi l'obstacle qui nous barrait la route pour nous aimer pleinement. Nous avions violé l'amour interdit pour raffermir notre amour. Nous ressemblions tous les deux à des fleurs de tournesol saluant le soleil levant et venues les retirer de leur long sommeil cauchemardesque durant une nuit ténébreuse. Les rencontres devinrent une habitude pour m'évader de ma prison conjugale. Nous étions toujours impatients de nous retrouver au champ, dans les buissons.

J'appris progressivement à me faire désirer par un homme, à rompre avec cette pudeur qui empêche de donner toute la mesure de sa joie à autrui. Je savais comment réveiller les appétits sexuels de Sié et il les approuvait. Je compris que deux êtres qui s'aiment doivent se comprendre de ce côté-là.

J'appris également à charmer par le sourire et le corps. Je connaissais le corps de Sié. Il connaissait le mien. Notre compréhension était parfaite et notre bonheur immense.

Avec Sié, ma vie était comblée de joie, mais je ne pouvais plus vivre avec le père et le fils. Je voulais m'éloigner le plus vite et le plus loin possible de ce village.

Tu imagines, homme de plume, une vie de femme avec deux hommes dont l'un est le père et l'autre, le fils ! En fait, c'est la vie, elle est ce qu'elle est, avec ses joies, ses malheurs, ses contradictions, ses absurdités et ses controverses. L'essentiel est de la vivre comme nous l'aurions souhaité. En attendant, mon cher, permets-moi une petite pause. Elle fait d'ailleurs partie de l'existence.

Après ces mots, elle s'appuya d'une main sur le bras de son fauteuil, se redressa pour soulager ses cuisses endolories.

— Aïe ! hurla-t-elle en portant les mains sur ses reins. La vieillesse est une terrible maladie.

Elle se dirigea vers la maison en se dandinant. Une fois seul, ces idées d'une femme célèbre me vinrent : « La vie est une aventure, ose-la. La vie est amour, jouis-en. »

Quelque temps après, elle revint et m'invita à manger. C'était un plat de riz gras au poisson fumé que nous dégustâmes avec délectation.

Le repas fini, nous regagnâmes l'ombre généreuse du manguier.

Elle dit :

— Nous pouvons reprendre mon histoire.

10

— Homme de plume, le jour de notre fugue fut le plus gai au village : le jour de marché qui se tenait tous les dimanches. Les habitants de Loto l'aimaient, parce que l'occasion s'offrait de se rencontrer, de vendre des céréales, de bavarder, de boire de la bière de mil, de danser et de courtiser les filles. Les commerçants des villes et des villages environnants ne manquaient pas ce rendez-vous qui leur permettait de faire de bonnes affaires.

Ce jour-là, en route pour le marché, je dissimulai dans un buisson mon baluchon contenant mes vêtements. Sié en fit autant et alla retrouver ses amis, attroupés autour d'énormes marmites dans lesquelles bouillait de la viande de porc ou de mouton, assaisonnée d'épices. Un arôme délicieux flottait dans l'air et conviait les amateurs de bonne chair. Les hommes dégustaient cette cuisine avec des galettes de haricots frites à l'huile de karité. J'attendais impatiemment le déclin du soleil pour m'enfuir avec Sié. Et quoi de plus normal, pour des amoureux, que de trouver le temps lent et d'être pressés au point de vouloir raccourcir le temps qui les sépare ou les éloigne du bonheur rêvé. Oui, ce jour-là, le temps nous parut long pour savourer des joies annoncées, mais rien ne peut arrêter le temps. Nous étions pressés de quitter le village. Et tant de peines perdues et d'angoisses il avait fallu pour attendre l'heure du départ !

Le soleil avait disparu derrière les montagnes. Le vent devenait plus frais et pénétrait dans les maisons par les portes et les lucarnes. Par petits groupes, les hommes et les femmes rejoignaient leur demeure en bavardant ou en chantonnant. Le marché retrouva enfin son calme.

L'heure de s'enfuir avait sonné et le désir d'aimer prit des formes à la fois tristes et radieuses. Nous avions préféré cette solution pour sauver notre amour. Cependant, nous ne pouvions nous empêcher de pleurer en quittant des êtres chers, ce village, sa vie et cette terre qui nous avait vus naître et grandir. L'idée de quitter ma mère m'était insupportable. Je savais tout ce qu'elle attendait de moi, mais l'enjeu du moment était important. Je jouais toute ma vie et il fallait accepter que « *la femme quitte un jour ses parents pour aller vivre avec son époux.* »

Nous partîmes de la maison à tour de rôle pour nous rendre au lieu où nous avions caché nos baluchons. Jamais, nous n'avions connu une nuit si agitée. Jamais, nous n'entendîmes nos ancêtres nous sermonner autant. Mais jamais, nous n'avions ressenti autant de force pour les affronter. Nous nous sommes exclus de nos familles, de notre société. Nous nous sommes détournés de notre destin parce que nous voulions vivre autrement.

Nous prîmes la route de Bobo-Dioulasso, la pensée dominée par les réminiscences de la première enfance. Nous pensions aux soins prodigués par nos parents, à leurs leçons de vie. Autour de nous, les campagnes s'imprégnaient de mélancolie et des mystères des nuits du terroir, qui annoncent toujours la sortie des esprits bénéfiques ou maléfiques.

Des sons mystérieux nous parvenaient du fond des fourrés. Par moments, le hululement lugubre des hiboux perturbait la nature endormie.

Nous avancions, portant notre baluchon sous le bras ou sur la tête. Nous traversâmes des hameaux, avec leur vie rustique et leurs traditions immuables voilées par le manteau de la nuit. Les vieux devaient les transmettre avec le mystère qui les entourait à leurs enfants assoiffés de savoir, de clarté.

Après une longue marche, un camion apparut en râlant. Ses phares éclairèrent la brousse environnante. Nous levâmes le bras pour interrompre sa course. Le camion ralentit et, peu à peu, s'arrêta. Une voix nasillarde se fit aussitôt entendre :

— Où allez-vous par cette nuit noire ?

— Nous avons attendu en vain le camion et nous essayons de rejoindre la ville, dit Sié.

— Quelle ville ?

— Bobo.

— Je peux vous déposer à cinq kilomètres de la ville, dit le chauffeur.

Sié m'aida à monter dans le camion et me rejoignit. Le silence y régnait. L'obscurité masquait les identités. Assis coude à coude sur des bancs, des hommes et des femmes, épuisés, somnolaient.

Le camion s'ébranla après un signal donné par l'aide du chauffeur, un adolescent. À son passage devant les villages endormis, des chiens hurlaient et le poursuivaient, un instant, avant de rebrousser chemin. Puis le silence retombait sur ces villages assoupis au milieu de la brousse, avec leurs cases entourées de mystère, gardées par les dieux idoles comme ceux de mon village.

Nous arrivâmes à Bobo au petit matin. Les réverbères étaient déjà éteints. La lueur du jour était là, pressée d'embrasser les choses et les êtres qu'elle avait quittés la veille.

Dans les rues calmes, quelques filles, fluettes, rentraient de leur randonnée nocturne en mâchonnant du *chewing-gum*. Le bruit de leurs chaussures, martelant le sol, dispersait les chiens galeux en quête des restes de repas sur les tas d'ordures nauséabondes, abandonnés, aux abords des routes.

Sié connaissait un peu cette ville. Il y était venu au moment de la sécheresse qui avait frappé le village. Il m'avait avertie : « La vie ne sera pas facile. »

Cependant, cette question ne me préoccupait pas parce que j'aimais Sié et que rien désormais ne me faisait peur.

Il me tint par le bras et, d'un pas rapide, nous longeâmes une grande rue. À la hauteur d'un immeuble de deux étages, nous vîmes un jardin où nous trouvâmes un remblai pour nous étendre et reposer nos corps épuisés.

Réveillés plus tard par des voix juvéniles et les pétarades d'un vieux camion, nous nous emparâmes de nos baluchons. Une foule bigarrée vaquait à différentes occupations. Le long des routes, des marchands ambulants vantaient la qualité de leurs articles. De la fenêtre d'une maison ouverte, un enfant agacé pleurait, une femme exaspérée criait pendant qu'un couple heureux riait aux éclats dans celle d'à côté. Je me demandais quel était ce monde que je découvrais.

Dans les ruelles aux abords peuplés d'acacias, de caïlcédrats et de manguiers poussiéreux, de robustes garçons déployaient de grands efforts pour faire avancer leur charrette chargée de ballots de tissus ou de sacs de céréales. Ici, des hommes se rafraîchissaient devant des buvettes, amusés par des notes de musique. Là, des femmes tirées à quatre épingles marchaient nonchalamment, un gros porte-monnaie ou un sac à la main. Des gens allaient et venaient, avec des bavardages animés ou discrets.

On apercevait de-ci, de-là, des enseignes représentant les services d'un couturier, d'un artisan, d'un tailleur...

Le long des rues, des panneaux publicitaires vantaient la saveur d'une marque de cigarette, d'une boisson, des pommades pour éclaircir la peau.

Je dis alors à Sié :

— Comment se fait-il que tous ces gens sont venus se retrouver ici ?

— Tu sais, c'est la ville. Tu y verras toutes sortes de gens, tu entendras tout ce qui est impensable, tu verras des choses incroyables. C'est la ville. Quand tu la connaîtras, tu l'aimeras.

Je gardai le silence en pensant à cette ville qui acceptait d'accueillir tous ces gens. Des gens comme nous en quête de bonheur, d'une nouvelle vie.

— Tu es silencieuse, observa Sié. Il est temps de manger.

— J'ai vraiment faim, lui dis-je.

Il prit une ruelle en me disant :

— Je te montrerai un petit coin où la cuisine est bonne.

J'acceptai d'un signe de la tête et je le suivis. Près du grand marché, je vis une maisonnette en banco à la devanture de laquelle une pancarte portait un écriteau. Plus tard, je sus que c'était écrit : *La casserole, bonne bouffe, chez tanti Maï.*

Une odeur de sauce épicée flottait dans l'air. Attirés par cette saveur, des enfants malingres, trempés de sueur, tortillaient leurs jambes maigres en brandissant des boîtes vides et en scandant inlassablement :

— Qui donne à Dieu ?

Nous fûmes accueillis avec entrain par une grande et grasse vieille dame.

— Que désirez-vous ? demanda-t-elle.

— Du riz, répondit Sié.

Elle nous servit du riz dans un plat. Assis sur un banc, nous nous régalâmes avec appétit, sous le regard mélancolique des mendiants.

Ils étaient là, tout comme ces chiens squelettiques rôdant non loin de la cuisine de Maï, en salivant et en se mordant, de temps à autre, les oreilles ou la queue couverte d'un essaim de puces.

J'étais frappée par la mélancolie de ces enfants, ces mendiants de la vie, livrés à eux-mêmes dans cette vie… cette vie de mendiant. Je les regardais, les yeux au bord des larmes. Ils se précipitaient sur les restes de nos repas en se bousculant, comme ces chiens galeux qui se disputaient les os jetés par un client clément, tout comme aujourd'hui ces hommes prêts à se disputer et à se tuer pour avoir des biens qui viennent du côté de la mer.

Je ne voulais plus regarder ces scènes de désolation que m'offrait la ville. Je préférais réfléchir à la vie qui m'attendait.

Après le repas, nous reprîmes notre marche. Devant nous, deux gaillards avançaient au petit trot, le dos courbé sous le poids de gros sacs, le visage ruisselant de sueur. Leurs lèvres desséchées accueillaient la poussière âcre soulevée par leurs sandales en caoutchouc et les gros camions.

Pour la première fois, je vis un Blanc pauvre. Il avait les cheveux hirsutes et portait une chemise râpée. Je me pris pour lui d'une grande pitié parce que je n'avais jamais su qu'il existait des Blancs pauvres. Ses sandales et sa chemise râpée étaient pour moi des expressions évidentes de pauvreté. Parce que j'avais toujours vu à la télé des Blancs somptueusement vêtus. Je savais qu'ils nous envoyaient des vivres en temps de disette. Je me rendis compte que la télé de Moribo ne m'avait pas tout dit sur le monde… Oui, la télé ne m'avait pas tout dit.

Nous allâmes vivre chez un des amis de Sié, dans une maison de deux pièces, le temps de trouver un travail. Nous dormions au salon et, le matin, nous débarrassions les lieux.

Une semaine après notre arrivée, nous louâmes une pièce dans une grande concession abritant quatre couples et des enfants. Nous gagnions notre vie en faisant de petits boulots. Inlassablement, j'allais de maison en maison pour laver les vêtements chez des familles aisées et faire le ménage.

Cette ville me fit découvrir des choses incroyables : des hommes et des femmes mélancoliques, apeurés, qui passaient la journée à mendier ou à chercher du travail pour sortir de la misère. Des hommes et des femmes au corps maigre qui fouillaient des poubelles pour trouver des morceaux de pain et des vêtements usés. Des hommes et des femmes qui nourrissaient leur chien et leur chat mieux que les gens de mon village... Cette ville me fit découvrir beaucoup de mauvaises choses qui m'obstruaient la vue au point que je n'y voyais rien d'intéressant. Ce qui m'a le plus choquée, homme de plume, c'est ce monsieur qui attendait le départ de son épouse au travail pour me tapoter les fesses lorsque je faisais la vaisselle. Il voulait acheter mon corps. Je lui ai dit que j'avais un mari. Mais il m'a répondu en riant : « Tu n'as rien compris de la vie. »

Je me suis enfuie en me demandant ce que j'avais, moi une paysanne, pour être tant convoitée, mais aujourd'hui je comprends que c'était une question idiote pour qui connaît les hommes.

À la maison, je racontai toutes ces histoires à Sié. Je lui dis que je ne voulais plus travailler comme fille de maison. Il me comprit et, dès lors, je commençai à vendre des galettes et de petites choses à la devanture de la maison.

Sié avait trouvé aussi un travail sur un chantier de construction. Il faut te raconter, homme de plume, qu'à notre arrivée à Bobo, il avait commencé à travailler comme garçon de maison. Il dut vite abandonner après une aventure vécue un soir. Je te la livre telle qu'il me l'a relatée :

« Mon patron est un riche monsieur. Il a deux voitures et une somptueuse villa. Il a tout pour être heureux et rendre sa femme heureuse. Mais quand il part au travail, sa femme passe son temps à feuilleter des journaux de mode, à écouter de la musique, à me donner des ordres ou à regarder des cassettes de femmes et d'hommes nus qui font l'amour. C'est une dame impressionnante, grande de taille, d'une parfaite beauté. Mais elle est triste comme les pierres. Elle vit une solitude intérieure qui la ronge.

Un jour, elle m'a appelé dans sa chambre. Je l'ai retrouvée, couchée, habillée d'une robe transparente qui dessinait sa silhouette de belle femme. Elle geignait en disant qu'elle avait mal au dos. Elle m'a supplié de lui caresser le corps. Je me demandais que faire. Je lui ai dit que le Patron allait se fâcher et me punir. Elle m'a répondu alors qu'elle aussi allait se fâcher si je ne lui donnais pas satisfaction. Ah ! j'ai eu de la chance, le bruit de la voiture de mon Patron a interrompu la séance de massage. La femme s'est levée en sursaut. Elle a oublié ses maux de dos.

— Sors de cette chambre, vite ! m'a-t-elle ordonné.

Je ne me suis pas fait prier. Quelque temps après, elle a accueilli son mari dans une autre robe, le sourire aux lèvres. J'étais stupéfait.

Après ces aventures, nous décidâmes de ne plus travailler comme domestiques. Je ne dis pas que tous les gens de la ville qui embauchent des gens comme nous abusent d'eux. Il existe toujours des exceptions, et ce n'est pas moi qui te l'apprendrai, homme de plume. Le problème est que les filles et les garçons de maison sont des victimes potentielles pour satisfaire des destins fades, écrasés par le travail, le luxe ou l'ennui.

La ville m'inquiétait. Je pensais souvent à ma mère. Son visage m'apparaissait en songe. Je voyais aussi mon père dans son manteau, sa pipe à la bouche, mes frères Naba et Dièmi revenant des montagnes avec les animaux. Je voulais tant les revoir, mais j'étais condamnée à vivre loin d'eux.

Voilà comment je vécus avec Sié après mon arrivée à Bobo, dans la complicité et l'amour, jusqu'au jour où je l'informai que j'attendais un enfant. Alors il me regarda, les yeux épouvantés.

— L'enfant… est-il de moi ou de mon père ? questionna-t-il.

Je ne m'attendais pas à une telle question qui me tomba sur la tête comme une massue.

— Oui, est-il du père ou du fils ?… Je n'y avais pas pensé.

Un silence se fit entre nous, puis il dit après un soupir :

— Il doit être de mon père et...

— Tais-toi, le suppliai-je.

Il se tut, alla s'asseoir au bord du lit et garda la tête entre les mains.

Alors les larmes coulèrent de mes yeux. Je voulus lui dire que nous sommes tous nés de la même sève, que nous sommes tous des frères et sœurs, qu'il devait épouser sa cousine et moi

mon cousin. Mais la nouvelle de l'enfant l'avait
abasourdi. D'ailleurs, en pareille occasion, est-
il conseillé de parler ? Je gardai le silence.

Les jours suivants furent pénibles. Sié ne
m'embrassait plus, ne riait plus avec moi, ne
m'approchait plus.

Toutes les femmes des maisons environ-
nantes savaient que le feu brûlait dans mon
foyer. Koro, la femme de Moussa l'infirmier,
notre voisin immédiat, ne put s'empêcher de
me demander un soir :

— Voisine, depuis un certain temps, je vois
que tu n'es plus celle que je connais.

— Tout va bien, voisine, lui dis-je.

— Ne me dis pas cela, remarqua-t-elle.
Nous sommes ici d'une même famille.

— Je me suis disputée avec Sié.

Et curieusement, homme de plume, un sourire illumina son visage. Puis, elle me dit :

— Je peux t'aider, ma chère, si ce sont les
hommes, j'ai le remède qu'il leur faut.

Sa déclaration me plongea dans l'étonnement total.

— Pourquoi t'étonnes-tu ? Sois patiente et
je te le donnerai un de ces jours.

Notre conversation s'arrêta là. Je me mis
à penser à ce fameux remède des hommes. Je

comprenais pourquoi le mari de Koro la couvrait d'une grande affection. Je voulais découvrir son secret. Chaque jour, je la harcelais afin qu'elle me le confie. Un soir, elle vint s'asseoir à côté de moi, devant le repas qui mijotait dans ma marmite.

— Alors, tu t'es décidée à m'aider ? lui demandai-je.

Elle se confondit dans un sourire et souffla à mon oreille après s'être rassurée que des regards ne nous épiaient pas.

— Tu sais, ma chère, j'ai souffert avec mon mari avant de retrouver la paix. Il me battait souvent et il lui arrivait même de faire l'amour avec d'autres femmes à la maison. Un jour, une amie m'a conduite chez un marabout très fort qui m'a aidée.

— Comment a-t-il pu le faire ? lui demandai-je.

« Il a fait, m'a-t-elle dit, avec *mon deuxième sang de femme,* un élixir d'amour. Je devais le verser dans la soupe de mon mari. Depuis que je l'ai fait, tout roule à merveille dans mon foyer. Aujourd'hui, mon mari ne sort plus et ne fait plus rien sans me consulter.

L'histoire de Koro m'effraya.

Je lui dis :

— Ma mère m'a confié que ce sang est nuisible à l'homme, de ne jamais approcher un homme lorsqu'il apparaît.

— C'est ta mère qui t'a dit cela. Si c'est le cas, elle t'a caché le secret pour dominer les hommes… ou elle l'ignore.

— En tout cas, dans mon village, *ce sang de la femme* est ce qu'il y a de plus nuisible qui soit.

Elle éclata de rire, s'essuya le visage à l'aide de son pagne et remarqua :

— Tu parles d'interdit alors que tu as droit au bonheur. Nous sommes en ville ici et non dans ton petit village. Et si tu savais la lutte qu'il y a ici, tu ne tiendrais pas ce genre de raisonnement.

— Je vais réfléchir, lui dis-je.

— Tu étais pressée d'avoir le remède des hommes et maintenant tu veux réfléchir ! remarqua-t-elle.

Après ces mots, elle s'en alla vaquer à ses occupations. Je me mis à penser au droit au bonheur, au prix duquel elle mettait dans le repas de son mari son *deuxième sang*, pour être aimée, se faire aimer. Tu imagines, homme de plume… Comment peut-on faire manger une chose pareille à celui qu'on aime ?

Mon *Être de soumission* me dit : « Écoute ta mère. »

Mon *Être de révolte* disait à son tour : « Pas question de te soumettre à quelqu'un, sois responsable de ton destin. »

Pour une fois, ils s'accordaient pour me conseiller la même conduite.

Malgré tout, j'étais troublée.

Un dimanche matin, sur la route du marché, je rencontrai Brigitte, l'institutrice qui vivait en face de notre concession. Elle achetait souvent des denrées sur mon étalage et, de temps en temps, nous échangions quelques nouvelles. Elle me plaisait cette jeune femme âgée d'environ vingt-cinq ans. Il y avait toujours de la sympathie dans son regard clair que je prenais plaisir à contempler.

Ce matin-là, nous fîmes ensemble le chemin pour aller au marché. Elle m'accueillit avec un sourire bonasse en disant :

— Voisine, j'ai remarqué depuis un certain temps que tu es triste !

— Tout va bien, ma chère.

— Tu sais, les hommes, quand on les écoute, on finit par se perdre.

— Mon mari ne me parle pas, lui dis-je. Nous avons eu une petite querelle.

Elle me dit :

— Occupe-toi de tes travaux, répondit-elle, il finira bien par se calmer et il reviendra à de meilleurs sentiments. Pourquoi ne t'inscrirais-tu pas aux cours du soir pour ne pas t'ennuyer ?

Cette idée me paraissait bonne. Je voulais comprendre le français. Je me souviens que la télé me parlait dans cette langue et il fallait deviner ce que les personnages se disaient. Mon rêve avait toujours été d'aller à l'école, mais les miens avaient vu ma place au foyer plutôt qu'à l'école.

J'attendis un soir, après le repas, pour en informer Sié. Il ne me dit rien, puis acquiesça en silence.

Cette décision avait fait rire des femmes de la concession qui se demandaient ce que je voulais devenir. Cette nouvelle fit du bruit dans le quartier. Les unes accusaient Brigitte de m'avoir tourné la tête, les autres félicitaient cette initiative.

Koro n'était pas contente parce qu'elle avait attendu en vain que je prenne le chemin de son marabout. Je ne l'ai pas fait. Elle ne m'approchait plus. Je savais qu'elle voulait m'aider à retrouver l'harmonie dans ma famille, mais je ne pouvais pas violer la règle interdite par rapport au *deuxième sang de la femme*.

Un soir, Brigitte m'amena à l'école pour m'inscrire. Les cours débutèrent avec un catéchiste venu pour enseigner la « bonne nouvelle », la parole de Dieu. Il me remit une croix et une petite bible. Je découvrais un nouveau Dieu, un Dieu, avait dit le catéchiste, plus fort que ceux de mon village. J'espérais beaucoup en lui pour réussir dans la vie.

À l'école, je rencontrai toutes sortes de filles comme celles que j'avais souvent vues dans les rues de la ville. Des filles qui avaient d'opulentes fesses ; elles portaient des pantalons qui dessinaient leurs dessous, des robes qui soulignaient leur cambrure excessive, laissant voir leur nombril et les rebords de leur caleçon ; des filles aux lèvres colorées de rouge, qui parlaient comme celles que j'avais vues à la télé ; des filles qui discutaient avec des hommes d'égal à égal ; des filles qui changeaient d'amis comme de robes. Elles disaient que j'étais une femme du village, une « broussarde » parce qu'elles suivaient ce qu'elles appelaient la mode. Elles acceptaient le modèle imposé par la ville, comme moi j'avais accepté pendant longtemps celui de mon village. Elles passaient des nuits à rêver de robes et de chaussures qu'elles avaient vues dans les vitrines ou portées par une actrice de la télé. Chacune d'elles avait son histoire comme moi j'avais la mienne. Elles n'en parlaient que quand elles étaient tristes. Il m'arrivait de voir certaines fondre en larmes, accusant leur ami de les avoir abandonnées ou trahies. Elles avaient besoin de consolation et je les réconfortais dans la mesure de mes possibilités.

Je découvris que, derrière leur apparence de gaieté et de liberté, se dissimulaient souvent des êtres affreusement nus, faibles.

Lorsque je voyais ces filles pleurer, je leur disais que la vie ne saurait être faite que de joie, qu'il fallait apprendre à vivre par soi-même. Elles m'écoutaient. Elles accusaient Dieu de les avoir abandonnées et le suppliaient de ne pas éteindre la flamme de l'espoir qui brillait encore en elles. Elles faisaient comme moi : elles se confessaient chaque jeudi soir chez le prêtre de la paroisse pour avoir plus de force et d'espoir. Elles se lièrent à moi d'une grande amitié. Elles ne m'appelaient plus « broussarde ». Elles disaient : « grande sœur » pour revenir à nos traditions qui veulent que les plus âgées soient appelées ainsi. J'étais devenue leur conseillère. Elles m'apportaient de la crème, du chocolat, des pâtisseries et bien d'autres mets que la télé m'avait déjà montrés.

Je compris qu'elles avaient l'amour des parents qui leur achetaient tout ce qu'elles désiraient, qu'elles avaient la liberté, le pouvoir de discuter d'égal en égal avec les hommes, mais quelque chose leur manquait : une affection dans leur vie intime. Elles étaient habitées par une insatisfaction, une déception...

Il faut te dire, homme de plume, qu'avec l'école, la vie reprit pour moi d'une manière fort belle. Un soir, Brigitte vint me trouver et me demanda :

— Comment te sens-tu maintenant ?

— Bien, lui dis-je.

— Je suis heureuse pour toi.

Puis elle demeura muette un moment, soupira et poursuivit :

— Surtout, voisine, il ne faut jamais désespérer dans cette vie. Je le dis... je sais pourquoi... J'ai connu tant de problèmes. Attends, je vais te montrer quelque chose.

Elle s'assura que personne ne nous regardait et sortit de son soutien-gorge ses seins flasques, en forme d'écharpe.

— Vois-tu ! dit-elle. Je me souviens quand ils étaient jeunes et ronds. Oh ! Que c'était bon quand mon ami les prenait dans les mains et les caressait doucement ! Aujourd'hui, je ne ressens plus rien quand mon mari les effleure. Ils sont morts.

Elle les rangea dans son soutien-gorge et reprit son sac.

Je m'empressai de lui demander :

— Qu'est-ce qui les a rendus ainsi ?

Elle sourit tristement et répondit :

— J'avais dix-huit ans quand j'ai eu mon premier enfant hors mariage. J'ai commis une bêtise ; j'ai cru qu'en lui faisant un enfant, il m'épouserait. Oh ! comme je le regrette ! Il était à l'université, en dernière année de droit, un beau garçon. J'ai eu un enfant avec lui, mais il n'a pas voulu le reconnaître. Il m'a demandé d'avorter et moi j'ai refusé. Après mon accouchement, ma grand-mère est venue du village pour s'occuper de moi. C'est elle qui me lavait. Tu sais, ce sont souvent elles qui lavent les femmes qui passent cette épreuve. Avec ma mère, elles m'ont écrasé les seins à l'aide de deux bois polis. Il faut vivre ce mal pour savoir combien c'est douloureux.

— Oh ! quelle horreur ! Pourquoi ont-elles fait cela ?

— Elles m'ont dit qu'il fallait le faire pour ne pas avoir une maladie des seins et pour avoir beaucoup de lait. Je me suis dit qu'elles connaissaient ces choses-là mieux que moi. Je les ai écoutées. Aujourd'hui, je me rends compte qu'elles m'ont écrasé et aplati les seins pour qu'à vingt-cinq ans ils soient déjà flétris.

— Mais… et ton ami ?

— Tu sais, me répondit-elle, après mon accouchement, mon petit étudiant s'est occupé de l'enfant, mais il ne m'a plus approchée. Après lui, tous les hommes que j'ai connus sont vite partis après m'avoir dit que mes seins étaient trop longs et flasques. Je souffrais chaque fois qu'ils me le disaient. Puis, un jour, j'ai rencontré mon mari actuel. J'ai cru à la fin de mes souffrances, mais écoute donc ce que je vis depuis trois ans de mariage. Je suis inquiète à chaque coucher du soleil. Après le dîner, mon mari s'enferme dans la chambre et m'appelle pour faire l'amour. Il insiste, alors que moi je n'en veux pas si souvent. Je m'exécute malgré moi. Sur le lit, je prie toujours Dieu pendant qu'il me pénètre. J'attends impatiemment qu'il m'offre sa semence blanche, parce que mon bas ventre brûle comme si on y avait mis le feu. Quand il atteint l'orgasme, il se détache de mon corps et, sans mot dire, se laisse aller au sommeil du juste. Je reste là, les yeux ouverts. Puis, je vais laver ma *chose cachée* avec de l'eau tiède pour calmer ma douleur. Le travail est un remède à l'ennui et à la souffrance. Je voulais quitter mon mari, mais ma mère me l'a déconseillé parce que je serai seule avec mes trois enfants, et aussi parce que l'honneur de la famille est en jeu. Elle m'a montré certaines astuces qui me servent de temps en temps. Je suis obligée de faire souvent la malade… J'ai épousé un homme qui n'a pour moi aucune considération. Sans mon travail, je ne sais pas ce que je deviendrais. Mon travail m'aide à surmonter mes problèmes… C'est la vie. J'ai longtemps regretté d'être née femme avant de comprendre qu'il faut se battre pour renaître sous un jour meilleur. En fait, il n'y a pas que nous, les femmes, qui souffrons.

Je me demandais pourquoi Brigitte support-
tait les caprices de son mari… comme ma mère.
Elle s'en remettait aux lois imposées par la
société : *Une femme célibataire est un arbre sans
support. Une femme bien éduquée ne dit jamais à
son mari qu'elle n'a pas joui. Une bonne femme
ne dit jamais à son mari qu'elle a envie de son sexe.
Une bonne femme ne refuse jamais son sexe à son
époux.*

Nous voilà souvent muselées, soumises à
des règles idiotes qui oblitèrent notre vie. Parce
que la société préfère les êtres qui se soumet-
tent aux règles et aux normes prescrites en la
matière. Parce que chacun de nous doit souffrir avec son infirmité intérieure pour rendre
les autres heureux et être un modèle. En tout
cas, rares sont les femmes de ma société que
j'ai connues dans ma vie qui n'ont pas un secret
touchant leur domaine affectif ou sexuel.

Je compris qu'il faut du temps pour que
la lumière pénètre les mœurs, je compris que
notre bonheur passe par notre rupture avec un
pan de notre passé. Mon *Être de révolte* m'avait
convaincue : « Le bonheur passe par le refus
d'entrer dans la prison dans laquelle la femme
est enfermée. » La vie est trop précieuse pour
être vécue dans le silence et la soumission. La
vie est courte. Vivez en harmonie avec vous-

même, avec les autres. Les raisons essentielles de notre existence doivent être la complémentarité, l'amour et non pas des combats de reconquête d'un pouvoir perdu. Je parle de reconquête d'un pouvoir perdu parce que j'ai entendu dans mon village cette histoire qui explique la chute du pouvoir des femmes :

« *C'était à l'aube de l'humanité quand Dieu créa l'homme et la femme. Il répartit les tâches veillant au respect de la complémentarité et de l'amour. En ce temps-là, l'univers respirait d'un seul souffle, celui de l'harmonie et de l'ordre. La femme possédait un secret incarné sous les traits d'un Dieu qui lui permettait de gouverner, de protéger l'homme. Au lieu de respecter la prescription de Dieu, la femme utilisa sa force pour commander et imposer ses volontés à tout ce qui vivait sur la terre. Elle était forte certes, mais elle était faible quand le nerf de l'homme la pénétrait pour lui donner la semence blanche de la fertilité. Ses pensées se brouillaient, sa vue s'obscurcissait, elle devenait faible. C'est pendant un de ces moments de jouissance que l'homme vola le secret de sa force et de sa puissance.* »

Je refuse la rivalité pour la conquête du pouvoir entre l'homme et la femme parce qu'elle impose un vainqueur et un vaincu. Mais je convie à l'action positive contre les traditions qui veulent que les femmes soient des enfants à la mamelle que l'on guide selon des volontés.

Homme de plume, il me fallait te livrer ces pensées pour me faire comprendre. Il me fallait ce détour pour te faire prendre conscience du milieu dans lequel j'étais tombée après mon village, et puis, peut-on raconter une histoire de sa vie sans s'égarer de temps en temps ?

— Je te disais donc… La nouvelle de l'enfant que j'attendais avait quelque peu abasourdi Sié. Il m'avait laissée seule. Cette solitude me permit d'aller à l'école et de rencontrer toutes sortes de gens intéressants. Au quatrième mois de ma grossesse, il m'apporta un soir, à son retour du travail, son sourire charmant annonçant la fin de notre silence, de nos angoisses. La vie avait sacrifié à sa tradition, en apportant un peu de joie après un temps d'inquiétude. Il me demanda :

— Comment vas-tu ?

— Bien.

Il passa légèrement la main sur mon ventre et remarqua en souriant :

— Il bouge beaucoup, comme moi.

Je recevais en cet instant toutes les richesses du monde. Parce qu'il reconnaissait l'enfant que je portais. Je ne peux te dire combien de fois je remerciai Dieu ce jour-là.

La réconciliation était faite. Nous partagions des sourires, rappelions les heureux moments passés ensemble. Il me sembla que cet éloignement momentané avait renforcé notre amour.

J'accouchai d'un garçon qui pesait trois kilos. Je vis mon *quatrième sang* de femme qui donna la vie à un être. J'étais heureuse et Sié aussi. Nous le nommâmes Siébou. Nous vécûmes une vie pleine d'amour et de respect. Après la petite traversée du désert vint le moment du bonheur. Trois années plus tard naquit notre deuxième enfant, une fille, qui reçut le nom de Dadoni.

Mais tu sais, homme de plume, l'école était toujours dans mon esprit. C'était elle qui m'avait donné la force de vivre après tant de déceptions. Je fis mes études sans failles, six années durant, et j'ai décroché mon certificat d'études primaires. Ce diplôme m'ouvrit des portes nouvelles. J'obtins un emploi de réceptionniste de pièces d'état civil à la mairie de la cité. L'école m'ouvrit une porte qui m'était fermée depuis mon enfance.

— Dis-moi, cher ami, sans l'école peut-on devenir libre ? me demanda-t-elle.

— Non, Yeli, lui répondis-je. Aujourd'hui, sans l'école, il n'y a pas de vie.

Cette réponse la fit sourire. Son visage s'illumina. Je vis ce sourire mérité qui enseignait : « *La vie est un bonheur, mérite-le. La vie est un rêve, fais-en une réalité.* »

Quelque temps après, elle me dit :

— La vie est devant nous, tout dépend de ce que nous voulons en faire. C'est bien de s'en remettre parfois à Dieu pour se consoler, mais n'oublions pas que Dieu nous a donné des bras, des jambes et une tête, pour ne pas l'accuser tout le temps de nous avoir abandonnés. Écoute la fin de mon histoire et tu pèseras l'importance de ces mots.

11

Un jour, dans une des allées de notre
marché, je vis venir vers moi une
fille. Au début, je ne savais pas qui
elle était. Au fur et à mesure qu'elle s'approchait de moi, je m'aperçus que c'était mon amie
Obi. Elle était lumineuse, dans un tailleur de
couleur rose, avec une poitrine nettement des-
sinée. Je la revois, souriante, avec ses boucles
coupées court. Nous nous embrassâmes avec
de grands cris de joie. Je lui demandai :

— Que fais-tu ici ?

— C'est une longue histoire, ma chère. Trou-
vons un coin tranquille pour que je t'explique tout ce qui s'est passé.

Nous trouvâmes bientôt un parc tranquille.
Nous nous assîmes sur un banc et elle me livra
cette histoire :

— Un jour, je suis tombée malade. Je faisais une fièvre et je vomissais. Mes parents
m'ont conduite chez Martin, l'infirmier. Il s'est
occupé de moi une semaine durant. Il démon-
tra pour moi une grande affection. Il me souriait, me donnait des conseils... À ma guérison,

je me suis rendue chez lui pour le remercier. Il m'a fait asseoir et m'a donné à boire une boisson sucrée. Nous avons causé longuement. Il voulait savoir mes projets d'avenir. Je lui ai dit que je devais me marier à Naba. J'ai vu alors dans ses yeux une lueur de désespoir. Il me plaisait, l'infirmier, mais j'avais peur. Tu sais qu'il était proche de nos pères et mères. Je me trouvais si petite pour lui. Mais, à la maison, mes pensées allaient souvent vers lui. Lorsque je passais deux jours sans le voir, il attendait de me rencontrer pour m'exprimer son désarroi.

Un jour, nous avons fait l'amour. Naba avait remarqué mes fréquentes rencontres avec Martin. Il s'est plaint à mon père qui m'a réprimandée. Il a décidé de sceller notre mariage. La nuit des noces, Naba a découvert avec beaucoup d'amertume que j'avais perdu ma virginité. Il n'a pas voulu vivre avec moi. Mes parents, indignés, ont réclamé des sacrifices aux dieux. Ce que Martin a fait et il a demandé à partir du village avec moi. Il a été affecté ici, à Bobo. Je l'ai suivi, avec l'accord de mes parents qui se demandaient que faire de moi.

J'étais contente pour Obi. Je lui racontai l'histoire de mon amour avec Sié jusqu'à notre fugue. Elle me comprit et me pardonna de ne pas l'avoir informée. Nous étions heureuses, mais une question me tracassait. Je voulais savoir ce que ma mère et mon père étaient devenus après ma fugue avec Sié.

Obi soupira, garda un moment le silence, puis me dit :

— Le lendemain de votre fugue, le cri de Sami a réveillé le village. Les hommes se sont attroupés. L'insanité leur est tombée sur la tête : l'amour proscrit était violé et l'harmonie était rompue. Ils hochaient la tête et laissaient entendre des cris de désespoir, d'étonnement et de haine. Tous les membres du village ont condamné votre conduite, et moi de même. Les femmes pleuraient. Des malédictions fusaient de partout. La mère de Sié a gardé la main droite ouverte et a frappé du côté de son sexe. Tu sais que c'est le signe de la malédiction maternelle. Ta mère en a fait autant. Elles vous ont maudits de leur sexe qui vous a nés.

J'étais bouleversée, je pleurais. Obi me consolait en me tenant dans ses bras. Elle ajouta :

— Rien ne sert de pleurer quand on a la conviction qu'on n'a pas mal agi. Les larmes peuvent couler parce que nous sommes, par moments, des êtres faibles, mais elles ne sauraient nous culpabiliser. La vie est devant toi.

Obi n'était plus celle que j'avais connue. Elle raisonnait autrement et j'en étais heureuse.

Nous décidâmes de nous quitter sans jamais nous séparer.

En route pour la maison, je me demandais comment des mères peuvent maudire leurs enfants, leur souhaiter toutes sortes de malheurs. Je me souviens de ce passage de l'Évangile que le catéchiste m'avait appris à l'école :

« Maudit est celui qui couche avec la femme de son père, car il a découvert le pan du vêtement de son père. Et tout le peuple devra dire : Amen »

— Oui, on me jugeait, on tirait sur moi à boulets rouges, on me crucifiait. Peu à peu, j'appris à accepter la vie telle qu'elle se présenta à moi. Il ne sert à rien de se morfondre si nous avons la preuve que nous ne sommes pas coupables. Dieu est témoin que je ne le suis pas. Tu sais, homme de plume, il y en a qui s'accusent de tous les péchés et n'avancent pas dans la vie. Il y en a qui se réjouissent des sueurs et des souffrances des autres et sont heureux. Il y en a qui luttent vainement pour se forger un avenir. Il y en a qui tuent ou accusent Dieu de les avoir oubliés. Mais Dieu est toujours témoin. La vie est belle malgré ses déboires. D'ailleurs, que serait-elle si elle n'était comblée que de joie ? Sans doute ennuyeuse ! Les malheurs peuvent frapper à tout moment chacun de nous, mais l'essentiel est d'avoir la force de les surmonter.

— Homme de plume, écoute la suite de mon histoire et tu me comprendras. Un soir, un soleil rouge sang glissait lentement sur la pente du ciel vers le couchant. Une brise souf-flait et apportait les senteurs des fleurs de man-guiers. Mes jeux d'amour avec Sié dans les champs du village me revenaient. Je revivais les instants de bonheur passés. Quelle belle soirée c'était, homme de plume ! Je ne sau-rais te le dire par les mots du Blanc. Je ne sau-rais te le dire même dans ma langue natale. Parce qu'il y a de ces beautés qui n'ont pas de mots pour les décrire, qui ne demandent qu'à être vécues plutôt que racontées. Oui, la soirée était belle, et je décidai de préparer un bon repas pour le dîner.

Sié sortit de la maison. Il s'assit sur une chaise calée au mur et alluma son transistor. Une musique du terroir anima l'atmosphère. Ah ! quelle soirée c'était !

Mais notre bonheur fut de courte durée, car Sami, le père de Sié, fit irruption dans notre cour, suivi d'un jeune homme du village. Ils se dirigèrent vers nous. J'étais surprise. Com-ment avait-il fait pour nous retrouver ?

Sié se redressa aussitôt et alla à sa rencon-tre en l'accueillant chaleureusement, mais le visage de Sami portait des rides de vieilles tortures. Il se tourna vers moi et sans attendre que je lui apporte de l'eau à boire, selon l'usage de l'hospitalité, il lança d'une voix forte en me désignant de son index :

— C'est pour toi que je suis venu, tu ne vivras plus avec ce bâtard.

Sié lui dit d'une voix calme :

— Sois raisonnable, père, écoute-moi.

D'une voix rude, il coupa net :

— Tu te tais quand je parle, tu n'es plus mon fils.

Il me prit par le bras et me força à le suivre. J'essayai de m'arracher de ses mains. Il me frappa du poing sur le visage. Sié voulut l'empêcher de me frapper de nouveau. Le jeune homme qui accompagnait Sami menaça Sié du gourdin qu'il portait à l'épaule.

— Laisse-moi m'occuper de ce bâtard, cria Sami.

Je me jetai à ses pieds pour le supplier. Je pleurais, mais mes larmes de femme n'ont pas suffi. Il sortit de sa poche un coutelas et le planta dans le ventre de Sié. Celui-ci poussa un cri de douleur, se tordit, les bras croisés sur le ventre, tituba et s'affaissa sur le sol. Un jet de sang jaillit et trempa sa chemise.

Je reculai et hurlai, les mains jointes sur la tête. Je le suppliais de faire quelque chose pour son fils qui agonisait, mais il restait muet. Alors j'ai failli me ruer sur lui et lui faire mal, mais je n'avais pas cette force. Sami tourna le dos et appela son compagnon :

— Quittons ces lieux impies du sang de cette vermine, il a mérité son sort.

Sami marcha vers le portail, mais très vite il fut rattrapé par les voisins alertés par mes cris. Mais il faut vous dire, homme de plume, que lorsque des gens apprirent notre histoire, ils furent la plupart étonnés, voire choqués d'apprendre l'histoire de mon amour avec Sié.

L'acte de Sami correspondait à leur état d'esprit. Beaucoup d'entre eux ne pouvaient pas accepter que le fils d'un homme lui enlevât sa femme. Même les policiers qui étaient arrivés pour arrêter Sami le murmuraient en me regardant d'un air dédaigneux. Je revois leur regard cruel et accusateur qui me blessait davantage. Ils le pensaient, parce qu'ils vivaient une tradition séculaire dans le miroir duquel ils lisaient leur comportement, parce qu'ils ne savaient pas, en réalité, ce que c'est que l'amour de deux êtres privés de la liberté d'aimer. Ils ne le savaient pas… Ils ne voulaient pas le savoir. C'est dommage.

Au chevet de Sié, à l'hôpital, je ne trouvais pas le sommeil. Je dormais, recroquevillée, et je faisais des rêves tristes. Je vivais le drame jusqu'aux chants obstinés des coqs annonçant la clarté du jour. Le visage cruel de Sami est venu maintes fois visiter mes pensées, mes nuits. J'entendais sa voix rude et je le haïssais. Je me tournais et retournais sans cesse dans mon lit sans trouver le sommeil.

La douleur m'aveuglait et je questionnais Dieu. Peut-il exister et me laisser avec tant de misère ? Je pensais, comme bon nombre de gens frappés par le malheur, qu'il ne peut pas exister et laisser ses enfants dans la turpitude. Je le condamnais et, en même temps, je le suppliais de m'aider à retrouver un peu de quiétude. Je souffrais de ma haine contre le père.

Sié rendit l'âme.

Mon souvenir le plus pénible fut le moment où, sous l'œil du médecin, il mourut. Il était pâle, avec des yeux hagards, le torse raidi de douleur. J'étais épouvantée devant une si visible intensité de la souffrance. J'éprouvais un sentiment d'impuissance à secourir celui que j'aimais. Je voyais la limite du pouvoir de l'homme.

— Il est mort, m'avait dit le médecin, tristement.

Je criai de toutes mes forces. Des gens me conduisirent dans une grande salle. Ils me firent asseoir, un moment. Je pleurais sans arrêt. J'avais hâte de quitter cet hôpital de cauchemar qui avait pris mon mari.

Le catéchiste vint présider au lever du corps. Lorsque les hommes soulevèrent le cercueil et le descendirent dans la fosse, il me chuchota à l'oreille :

— Sois courageuse, ma fille, et que Dieu te bénisse.

Le cercueil enfoui me laissa de glace. Le catéchiste récita des prières.

Ce jour-là, une fine pluie tomba et mes voisins venus à l'enterrement bredouillaient que c'était le signe de sa bonté, qu'il allait entrer dans le royaume de Dieu, mais moi je ne l'avais plus et je le pleurais.

De retour à la maison, je sentis un vide immense autour de moi et en moi. Je pleurais souvent dans ma chambre. Dieu sait combien de temps j'ai pleuré. Mais la vie est ainsi faite, on perd souvent celui que l'on aime.

Les souffrances m'ont torturée pendant longtemps. Je souhaitais beaucoup de mal au père. Je souhaitais sa mort en prison, mais j'ai fini par comprendre que le cœur rempli de haine est aveugle et cause des soucis. Progressivement, quelque chose s'est libéré en moi, et j'ai réappris à vivre, seule, sans celui que j'ai aimé et que j'aime encore. Je vis avec son ombre. Les jours de fête, lorsque je mange, je lui réserve une partie de mon repas. Il est parti, mais il est encore là, à mes côtés, et il m'a donné la force d'élever nos enfants.

Aujourd'hui, je suis une femme seule, vieille, mais ma vieillesse m'a appris beaucoup de choses. J'ai appris à croire en moi, aux capacités que Dieu a placées en moi ainsi qu'à Dieu lui-même. J'ai appris à pardonner pour vivre heureuse. Je ne veux pas souffrir et empoisonner ma vie d'une haine contre autrui. Homme de plume, il faut sortir de la haine pour aimer, pour donner un sens à notre existence ici-bas. Je ne sais pas ce qu'est devenu Sami, mais je lui ai finalement pardonné.

Sié est davantage présent dans ma vie après sa mort et d'une façon que je n'oublierai jamais. Il est parti et m'a laissé deux enfants. J'étais seule face au défi de les élever. Je crois qu'il doit nécessairement exister en chacun de nous quelque chose qui continue de sourire et c'est cela qui nous donne la joie de vivre. Il faut continuer à croire et à espérer jusqu'à la fin de nos jours.

Le premier fils, Siébou, est aujourd'hui gendarme. Ma fille, Dadoni, est institutrice. Elle a fait de moi une grand-mère. J'ai donné un conseil à mes enfants qui est aussi valable pour tous les jeunes : « Soyez des âmes fortes parce qu'à chaque étape de la vie, il y a beaucoup d'obstacles à franchir. Sachez compter sur vos propres forces et aimez votre prochain. »

Je ne veux pas faire de mes enfants ce que ma mère et mon père ont voulu faire de moi. Si je n'avais pas vécu avec l'homme que j'aimais, à quoi aurait servi mon corps, sinon qu'à attendre d'être flagellé.

Me voici vieille aujourd'hui. Sans doute ai-je manqué de force à certains moments de ma vie. Sans doute n'est-il pas permis d'aimer le fils de son mari. J'ai tout essayé, Dieu sait que j'ai essayé.

Voilà, homme de plume, je t'ai livré le contenu du livre de ma mémoire et j'ai la conviction de n'avoir pas vécu inutilement. Il se fait tard, je te laisse partir.

Le soleil déclinait. Le crépuscule était là et disait l'histoire d'une vie de cinquante-cinq ans relatée en quelques heures. Une vie qui va vers le crépuscule imposé par le temps, le temps de Dieu qui veille sur nous.

Le ciel s'embrasait et les ténèbres enveloppaient déjà le paysage. Je remerciai Yeli. Son visage s'éclaira, le double rictus de sa bouche se fondit peu à peu dans l'ombre de la nuit. Nous échangeâmes une poignée de main chaleureuse. Je lui dis :

— Merci de m'avoir fait confiance en me livrant cette histoire. Je la livrerai à qui de droit afin qu'il en fasse bon usage. À demain.

— À demain, bredouilla-t-elle d'une voix calme.

À travers l'histoire de cette femme, je vis qu'il s'agissait beaucoup plus d'une volonté d'éclaircir la destinée de l'homme que du destin d'un seul être aimé.

Un soleil de liberté se lève. Le refus de la soumission et du silence. Le refus d'être nécessairement ce que veut un autre, une soumission à la majorité silencieuse, éduquée dans le conformisme pour ne pas être frappée d'ostracisme, pour ne pas être accusée au nom des lois et des coutumes instaurées par des gens qui les font en se faisant la part belle.

J'embrassai Yeli et je partis dans la nuit avec sa mémoire dans ma tête. Je l'ai gardée jusqu'au lever du jour qui apporte la clarté à travers cet exercice d'écriture. Dieu me pardonne si je n'ai pas pu rendre fidèlement toute la pensée de cette femme. Vous le savez, cher lecteur, qu'il est difficile de traduire et de transmettre sans trahir.

La vie est précieuse, elle ne se donne qu'une seule fois, vivez-la comme vous aimeriez qu'elle vous plaise, avec amour et sans regrets.

La vie est la vie, défends-la.

Vincent Ouattara

Vincent Ouattara est né le 25 août 1960 à Bobo Dioulasso, au Burkina Faso, en Afrique. Titulaire d'un Master of Art en sciences de l'information et de la communication de l'Université d'État de Saint-Pétersbourg, en Russie, il entre à l'Académie de la culture de la même ville où il obtient un doctorat en Culturologie.

Sa passion pour l'écriture a commencé alors qu'il était encore étudiant. C'est ainsi qu'il a publié son premier roman aux éditions L'Harmattan, en 1994, sous le titre : *Aurore des accusés et des accusateurs*. Il publie par la suite trois essais sur les questions politiques de son pays et sur l'idéologie et les traditions africaines.

La vie en rouge est son premier roman pour la jeunesse. Il donne la parole à une femme amoureuse qui parle de sa vie de femme dans une société où la suprématie du mâle et la force des traditions sociales entravent toute liberté.

Actuellement, Vincent Ouattara vit au Burkina Faso et enseigne à l'Université libre du Burkina.

Dans la collection Graffiti

PROTÉGEONS
NOS FORÊTS

Ce livre a été imprimé sur du papier Sylva enviro 100 % recyclé,
traité sans chlore, accrédité Éco-Logo et fait à partir
d'énergie biogaz.

Achevé d'imprimer
à Cap-Saint-Ignace
sur les presses de Marquis Imprimeur
en août 2008